Carl Gustav Carus

# Goethe zu dessen näherem Verständnis

Verone

# Carl Gustav Carus

# Goethe zu dessen näherem Verständnis

1st Edition | ISBN: 978-9-92500-177-4

Place of Publication: Nikosia, Cyprus

Erscheinungsjahr: 2016

TP Verone Publishing House Ltd.

Reproduktion des Originals in Großdruckschrift.

# Carl Gustav Carus

# Goethe zu dessen näherem Verständnis

## Vorwort

*Am Oster-Heiligabend 1842.*

»Für wen Sie über Goethe schreiben sollen«, schrieb mir gestern mein Freund Regis, der gelehrte und geehrte Übersetzer des Rabelais und des Bojardo, »das hat er schon selbst im Diwan Ihnen gesagt: ›Ins Wasser wirf deine Kuchen, wer weiß wer sie genießt.‹ Sie nehmen Ihren Stimmstein vom Altar, wie die Athener in Aeschylus' Eumeniden, und werfen ihn in die Urne der Zeit, für den Behuf eines künftigen Areopags. Ich wüsste wirklich niemand, der Goethen, in rein physiologischem Gesichtspunkte zu besprechen, jetzt selbst so viel öffentliche Autorität hätte wie Sie; denn die momentanen Kläffer verstummen sehr bald, und Ihre Sache bleibt immer. – Sie müssen sich einmal über Goethe gehen lassen und Ihr Credo von ihm ablegen, von vorn an, wenn Sie gerade Zeit haben.«

Das war das Wort und der Zuruf eines Freundes, und ihm begegnete im Innern ein langverhaltner Wunsch, ja fast das Gefühl einer Pflicht. – Wie lange wird es dauern, und wenige werden sein, welche mit Goethe einst eine Luft atmeten, eine Geschichte erlebten, eine Entwicklungsperiode der Poesie und Wissenschaft beobachteten. – Schon ich reiche nicht hinan an die Zeit, in welcher jenes merkwürdige Leben sich zu entfalten begann, und doch sind es mehr als zwanzig

1

Jahre, dass ich ihn sah und sprach; schon sind es neun Jahre, dass er uns genommen wurde, und schon sind es fünfundzwanzig Jahre, dass ich die ersten Briefe mit ihm wechselte. Der Sohn der späteren Zeit kommt und betrachtet jene Riesenwerke dieses Geistes, seinen Götz, seinen Tasso, seine Iphigenia, seinen Faust, und gleich den Werken eines Shakespeare und gleich den Werken der Griechen scheinen sie ihm nicht von dieser Welt zu sein; sie scheinen ihm durch ein Wunder da, und wie wir jetzt fast nichts wissen von dem inneren Dasein und äußeren Sich-Darleben eines Shakespeare und Sophokles, so würden jene Werke allein dem späteren Leser das sein müssen – was er mit dem Namen – Goethe – Leben Goethes – bezeichnete, wenn *nicht teils er selbst, teils treugesinnte Zeitgenossen diesem Begriffe noch einen fester gestalteten Körper hinzugefügt hätten und noch hinzufügen wollten.*
–

Ich spreche hier nicht von den ephemeren Geistern, welche schon jetzt die ganze Rede von Goethe als abgetan betrachten möchten, welche glauben, weil sie in der Jugend einmal von Goethe begeistert waren, und dies nun über publizistische Tätigkeit oder über eine neuere Literatur der Verzweiflung, der Médisance oder der langen Weile vergessen haben, auch der Goethe selbst sei vergessen. Sie kommen mir vor wie irgendein der Schule entwachsener junger Geschäftsmann, der das wenige, was er früher aus den Römern und Griechen sich aneignen konnte, nun bis auf einige Floskeln wieder verloren hat und im Stillen alle jene Graubärte für höchst überflüssigen

Ballast der alten Geschichte erklärt. – Darum aber beugen sich freilich weder Tacitus noch Cicero, weder Sophokles noch Euripides, und immer und immer widerhallen von Neuem ihre unsterblichen Worte in allen feineren Blüten eines neu aufkeimenden Geschlechts! – So auch die Worte Goethes! Und wenn wir gerade jetzt häufiger gewahr werden, dass eine Gesinnung jener misskennenden Art über Goethe laut wird, so müssen wir bedenken, dass eben die Nähe des Standpunktes, wenn dieser selbst ein niedriger ist, das Gewahrwerden der Mächtigkeit des Gegenstandes fast unbedingt unmöglich macht. – Der Verkäufer, der unter dem Gesims am Fußgestell der Trajanssäule seine Waren ausbietet, er wird am wenigsten gewahr, wie hoch und schön das Kapitäl auf dem blauen Himmelsgrunde sich abzeichnet! – Ja, aus einem ähnlichen Grunde ist jetzt auch dem Freunde des Dichters es unmöglich, die ganze welthistorische Bedeutsamkeit dieser Gestalt in ihrer Vorbereitung, in ihrer Gegenwart, in ihrer Nachwirkung aufzufassen, abzubilden, wiederzugeben; allein sei ihm auch dieses versagt, so ist ihm dagegen vergönnt, die individuellen Züge und das lebendige Verhältnis zu seiner Zeit und seinen Zeitgenossen, welche in der Länge der Jahre mehr und mehr unkenntlich und dunkel werden, und welche dann aus keiner noch so scharfsinnigen Reflexion über die Gesamtwirkung des Mannes wieder hervorkonstruiert werden können, mit Treue zu sammeln, aufmerksam zu bewahren und zu fernen Zeiten zu verbreiten.

Dankbar wollen wir aber erkennen, dass auch in dieser Beziehung schon vieles Bedeutende geschehen ist; – so manche Stimme ist laut geworden, welche Züge jenes merkwürdigen Daseins bewahrt hat, und es ist mir immer als eine höchst eigentümliche Fügung erschienen, dass ein Hirtenknabe aus den Marschländern an den Grenzen des fernen Holstein berufen werden musste, durch mancherlei Schicksale in Goethes Nähe zu kommen, ihn in seinen hohen Jahren bis ans Ende mit Liebe und feinem Sinn zu umgeben, sein Wesen zu beobachten und wie ein treuer Spiegel die Strahlen dieser untergehenden Sonne aufzufangen, um sie den fernsten Zeiten zu bewahren und zuzuwerfen. – Ein anderer wird der Zweck dieser Blätter sein. – Ich gedenke hier zuvörderst zu erzählen, wie ich selbst in Berührung mit Goethe kam, und wie dadurch eine Reihe von Briefen desselben mein Eigentum wurde, von welchen ich die wichtigeren bei dieser Gelegenheit mitzuteilen nicht unterlassen werde, sodann aber will ich versuchen, ausführlicher darzulegen, in welchem Sinne die Individualität Goethes ihrem innersten Kerne nach aufzufassen sei, und in welchem Sinne sein Verhältnis zur Natur, zur Naturwissenschaft, zu den Menschen und zur Menschheit wohl am richtigsten festzustellen sein dürfte, endlich, wie von hier aus das Verständnis seiner so sehr verschiedenartigen Werke erst in einem genügenderen Grade wirklich erreicht werden kann; ein Unternehmen, bei welchem ich hoffe und wünsche, dass eine wohlwollende und das Unvollkommene der Darstellung möglichst ergänzende Gesinnung des Lesers mir erleichternd und beruhigend entgegenkommen werde.

## I. Persönliches Verhältnis

Nach langen Vorstudien und mehrjähriger angestrengter Arbeit hatte ich im Jahre 1818 mein Lehrbuch der vergleichenden Anatomie vollendet, eine Menge von Zeichnungen waren dazu nötig gewesen, ich selbst hatte die Tafeln auf Kupfer radiert, und der Atlas mit, wenn auch nur skizzierten, doch jedenfalls erläuternden und charakteristischen Abbildungen lag fertig vor mir. Als ich das Werk an einige gelehrte Freunde zu versenden im Begriff war, erschien es mir als eine Pflicht der Dankbarkeit, auch insbesondre dem Manne ein Exemplar überreichen zu lassen, dem ich schon in Jünglingsjahren die lebhaftesten Anregungen verdankte, dessen tiefes Naturgefühl mich aus seinen Gedichten und seinem Faust begeisternd angeweht hatte und in dessen Bestrebungen, die Metamorphose der Pflanzen zu durchdringen und das Geheimnis mancher Skelettbildungen zu entziffern, mir die in der Wissenschaft seitdem mit Riesenschritten weitergediehene genetische Methode zuerst schöner und deutlicher erschienen war. – Mit einem Briefe, in welchem ich diese Gesinnungen möglichst auszusprechen versucht hatte, sendete ich daher das Buch an Goethe, ein Buch, welches eigentlich bei den wenigen Hilfsmitteln, welche mir damals zu Gebote standen, eine Art von Wagnis war, welches indes doch selbst in dieser unvollkommenen Form in weitem Kreise anregend gewirkt hat und späterhin durch eine Ausgabe vervollständigt, und in englischen und französischen

Übersetzungen vervielfältigt, zur gegenwärtigen reichen Entwicklung des Studiums der vergleichenden Anatomie wesentlich beigetragen hat.

Das Schreiben, womit Goethe diese Sendung erwiderte, war mir zu jener Zeit, wo ich, die Unvollkommenheit dieser Arbeit nur zu gut fühlend, fast an ihrem Erfolg verzweifeln musste, in jeder Beziehung ermutigend, und noch jetzt ist es mir, als die erste mir persönlich von ihm zugekommene Mitteilung, als der Anfang eines nähern Verhältnisses zu ihm, so wie als in seinen Äußerungen im hohen Grade bezeichnend für die gesamte Individualität Goethes, lieb und wert. – Ich schalte es hier sogleich ein:

*Ew. Wohlgeboren*

*Sendung kommt mir zu einem glücklichen und bedeutenden Moment: Denn indem ich seit einem Jahre den Auftrag habe, in Jena unter Leitung Herrn Professor Renners, eines vorzüglichen Mannes, dessen Verdienste Ihnen gewiss nicht unbekannt sind, eine Schule der Tierkunde einzuleiten und zu fördern, damit uns die höchst notwendigen und nützlichen Hausgeschöpfe, im gesunden und kranken Zustand, sodann auch in ihrem Bezug zu der übrigen animalischen Welt genauer bekannt würden; so gab mir dies den schönsten Anlass, ältere leidenschaftliche Studien zu erneuern, meine Papiere vorzunehmen und einiges als Zeugnis meines innigsten Anteils dem Publikum darzulegen.*

*Wenn ich nun schon längst ein Kompendium entbehrte, welches methodisch genug angelegt wäre, den hohen Begriff zu erleichtern und die ungeheuere Naturidee knapp im Einzelnen und lebendig im Allgemeinen nachzuweisen;*

so musste mir Ihre Arbeit höchst erwünscht sein und ich zweifle nicht, dass in wenigen Jahren sich der akademische Unterricht nach Ihrer Leitung richten werde. Wie sehr hatte ich gewünscht, dieses nächsten Sommer schon bei uns zu erleben.

Da ich mich seit vierzig Jahren in diesem Felde redlich abquäle, so gehöre ich gewiss unter die, welche Ihr Werk höchlich schätzen. Nur wenige Stunden konnte bisher darauf verwenden, allein ich sehe schon auf jedem Blatt, auf jeder Tafel meine Wünsche erfüllt. Das von andern Geleistete, Bekannte, aber in tausenderlei Schriften und Heften Zerstreute, gesammelt und mit neuem Eignen vervollständigt.

Ich nehme nun mit desto mehr Zuversicht meine alten Papiere vor, da ich sehe, dass alles, was ich in meiner stillen Forschergrotte für recht und wahr hielt, ohne mein Zutun nunmehr ans Tageslicht gelangt. Das Alter kann kein größeres Glück empfinden, als dass es sich in die Jugend hineingewachsen fühlt und mit ihr nun fortwächst. Die Jahre meines Lebens, die ich der Naturwissenschaft ergeben einsam zubringen musste, weil ich mit dem Augenblick in Widerwärtigkeit stand, kommen mir nun höchlich zugute, da ich mich jetzt mit der Gegenwart in Einstimmung fühle, auf einer Altersstufe, wo man sonst nur die vergangene Zeit zu loben pflegt.

Nehmen Sie beikommendes Heft freundlich auf! Sie finden größtenteils darin, worüber wir einig sind. Zu Michael hoffe ich ein zweites zu senden. Unterrichten Sie mich von Zeit zu Zeit von Ihren Zuständen und Arbeiten, ich habe Pflicht und Muße, daran teilzunehmen.

*Vergessen darf ich zum Schlusse nicht, dass die geistreiche Behandlung der Tafeln für den allgemeinen Begriff, wie er hier erwartet werden kann, sehr willkommen erscheint. Verzeihen Sie übrigens eine etwas eilige Behandlung Ihrer so wichtigenArbeit. Bei so vielem Zudrang bin ich gewohnt, dass Freunde es nicht so genau mit mir nehmen: denn manchen lieben, werten Brief ließ ich unbeantwortet, eben weil ich etwas Würdiges zu erwidern mir zur Pflicht machte.*

*Das Beste wünschend*
*ergebenst*

Goethe.
Jena, d. 23. März 1818.

So war denn durch eine so freundliche Erwiderung ein Anfang zu weiteren Mitteilungen gemacht, und es wurde mir in den folgenden Jahren Bedürfnis, jede nicht gerade bloß medizinische Arbeit, die mich lebhafter beschäftigt hatte, auch alsbald nach ihrer Vollendung von Goethe gekannt zu wissen. – Im Jahre 1820 erschien, als Einleitung einer neuen naturwissenschaftlichen und heilkundigen Zeitschrift, mein Aufsatz von den Naturreichen, und zugleich mit diesem sandte ich ihm zwei meiner kleineren Bilder, das eine ein Bild vom Brockengipfel, das andere das Bild eines dunklen Tannenwaldes; denn ich wollte, dass auch von diesen Bestrebungen, der Natur des Planeten in ihren landschaftlichen Erscheinungen etwas abzugewinnen – wie sie mich von Jugend auf fast unablässig begleitet hatten – irgendein Zeugnis seinen Augen vorgelegt werde. Auch von manchem andern, was mich sonst beschäftigte, wurden immer genaue Mitteilungen an Goethe gesendet. So schrieb ich ihm eine hübsche Entdeckung, durch einen meiner Zuhörer gemacht, welchem die Lehre von der Wirbelbildung, wie sie auch an den Hautskeletten der niedern Tiere sich vielfältig verwirklicht, klar geworden und zu eignen Untersuchungen Anregung gewesen war. – Endlich hatte ich auch von einer seltsamen Naturerscheinung ihm Nachricht gegeben, die auf dem Kirchhofe zu Kamenz, bei Fällung und Ausrodung einer alten Linde beobachtet worden war. Letztere will ich hier kürzlich erzählen, da sie nur unvollkommen in Goethes Tages- und Jahresheften besprochen wird, an sich aber so merkwürdig ist, dass sie wohl der Vergessenheit entrissen zu werden verdient. – In dem sandigen Kirchhofsboden jener kleinen Stadt der Oberlausitz fand sich nämlich, dass eine gefällte Linde drei starke schräg eindringende zylindrische Pfahlwurzeln gegen drei Ellen tief, auseinanderweichend in den Boden gesenkt hatte, dass dann mit einem Male jeder dieser Wurzelstämme in unendliche Wurzelfasern sich auflöste, um ein dichtes gegen drei Ellen langes und nicht ganz eine Elle hohes und breites Geflecht und Gewirr zu bilden, zwischen welchen dann Reste menschlicher Gebeine sich eingeschlossen und festgehalten fanden. Die Auflösung des Rätsels dieser seltsamen Erscheinung wurde darin gefunden, dass früher an dieser Stelle drei Särge in den lockern, trocknen, sandigen Boden versenkt worden waren, dass man zwischen sie eine junge Linde gepflanzt hatte, und dass die durstigen Wurzeln des Baumes – Feuchtigkeit suchend, in den drei Richtungen nach diesen Särgen hin, zunächst mit geringer Teilung, fortgewachsen waren. So wie Holz und Körper vermoderten, durchdrang und durchflocht die Verbreitung der Wurzelfasern mehr und inniger die Reste der Särge, ja die zerfallenden Knochen, sodass die Linde, wachsend und sich nährend von den Überresten der Toten, ein lebendiges Epitaphium war für die unter ihrem Boden verwesenden Leichen – ein wunderlich rührendes Bild des ewigen Wechsels von Ernährung und Zerstörung auf Erden – man könnte zugleich sagen, einer Art vegetabilischer Verklärung der Verstorbenen.

Es waren mir von dem Geflecht dieses Wurzelwerks große Stücken zugekommen und ich verfehlte nicht, auch hiervon späterhin an Goethe zu senden.

Die Erwiderung Goethes auf jene brieflichen Mitteilungen und Bilder war denn enthalten in nachstehendem ebenfalls und in vieler Beziehung eigentümlichen Schreiben: –

*Schon zu lange hab' ich angestanden, teuerster Mann, für die liebwerte Sendung zu danken. Ihre einsichtige Darstellung des animalischen Zimmergerüstes hat sich in dem anatomischen Werke genugsam erprobt, dass sie aber auch den Schein, durch welchen uns die gute Natur überall, wenn wir ihn gewahr werden, beglückt, so lebhaft fühlen und kunstreich nachbilden, war mir eine freudige Überraschung. Erlauben Sie, dass ich dankbar die beiden Bilder bei mir aufstelle und Sie glücklich preise, dass die herrliche Dresdner Natur Sie umgibt, nicht weniger, dass Sie sich mit den abgeschiedenen großen Vorfahren, unter denen ich nur Ruisdael nenne, von Zeit zu Zeit nach Belieben und Bedürfnis unterhalten können.*

*Den Aufsatz »Von den Naturreichen« usw. habe mit Vergnügen gelesen, als wenn ich ihn noch nicht gelesen hätte.*

*Verweilen wir doch immer gerne da, wo wir gemeinsame Gesinnung finden.*

*Die Entdeckung der drei vollkommenen Wirbel, zwischen den drei Fußpaaren des Heupferdchens, ist höchst willkommen; sie bringt zur sinnlichen Anschauung, was die innere längst zugesteht, dass nämlich das vollkommenste Gebilde durch alle Gestaltungen potentia durchgeht; ich wenigstens stelle mir gern intentionelle Wirbelknochen, an jedem Rückenmark, wie so manches andre Glied an anderer Stelle, der Möglichkeit nach gerne vor, die nur auf den geringsten Anstoß warten, auf die organische Forderung irgendeines benachbarten Teils, um in die Wirklichkeit zu treten.*

*Auch halte ich den Fall mit den Lindenwurzeln für unschätzbar; hat man denn diese Kleinodien wenigstens zum Teil verwahrt? Sie verdienten eine eigene Kapelle. Leider! Wenn man unvermutet auf einen solchen Schatz trifft, weiß man ihn nicht gleich zu schätzen; es ist mir selbst so ergangen und ich tadle niemand; sollte aber ein so vegetativer Sarg zerstückt sein, wie aus der Beschreibung wahrscheinlich ist, und Sie könnten mir einen instruktiven Teil davon verschaffen, so würden Sie mir eine besondere Gefälligkeit erzeigen, die Kiste dürfte nur auf der fahrenden Post an mich unfrankiert adressiert werden.*

*Ihro Königl. Hoheit der Großherzog haben als wahrer und gründlicher Freund des Pflanzenreichs daran den lebhaftesten Anteil genommen; so wie ich ein merkwürdiges Beispiel der ins Unendliche determinablen Organisation hierin bewundert. Die grenzenlose Teilung solider Pfahlwurzeln unmittelbar in die feinsten Fasergeflechte bei dargebotener Gelegenheit!*

*Wie manches hätt' ich noch zu sagen, doch will ich Gegenwärtiges nicht länger zurückhalten; schenken Sie Beikommendem Ihre Aufmerksamkeit und melden mir gelegentlich etwas Erfreuliches, ich darf meiner Korrespondenz mit Kunst- und Wissenschaftsfreunden keine lange Pause mehr zugestehen.*

*Ergebenst*

Goethe.

Jena, d. 1. Juli 1820.

Das nächstfolgende Jahr sollte mir die persönliche Bekanntschaft dieses merkwürdigen Mannes bringen. Ich beabsichtigte eine Reise nach Genua, um endlich einmal Gelegenheit zu haben, mannigfaltige Tierformen des Meeres, deren Studium für meine komparativ-anatomischen Bestrebungen das höchste Interesse haben musste, im frischen Zustande durch Autopsie kennenzulernen. Der Weg dorthin wurde über Weimar genommen, eigentlich nur, um Goethe zu sehen, und am 21. Juli abends konnte ich mir damals folgende Stelle über Goethe in mein Tagebuch einzeichnen:

»So war denn unter diesen Betrachtungen (ich hatte früh den schönen Park von Weimar besucht und hierauf die reiche vergleichend-anatomische Sammlung des Geh. Ob.-Med.-Rates von Froriep genauer durchgesehen) die elfte Stunde herangerückt, ja vorübergegangen, und ich eilte, um Goethes Haus aufzufinden.

Gleich beim Eintritte in das Haus deuteten die breiten, wenig geneigten Treppen, die Verzierung der Treppenruhe mit dem Hund der Diana und dem jungen Faun von Belvedere den Besitzer an. Weiter oben fiel die

Gruppe der Dioskuren angenehm in die Augen, und im Fußboden blau ausgelegt, empfing den Eintretenden ein einladendes Salve. Der Vorsaal selbst war mit Kupferstichen und Büsten reichlich verziert. Rückwärts führte eine zweite Büstenhalle durch eine lustig umrankte Tür zum Altan und zur Gartentreppe. In ein zweites Zimmer geführt, sah ich mich abermals von andern Kunstwerken und Altertümern umgeben; endlich kündete ein rüstiger Schritt den werten Mann selbst an. Einfach, im blauen Zeugoberrocke gekleidet, gestiefelt und in kurzem, gepudertem Haar, mit den bekannten, von Rauch herrlich aufgefassten Gesichtszügen, in gerader, kräftiger Haltung schritt er auf mich zu und führte mich zum Sofa. Die Jahre haben auf Goethe wenig Eindruck gemacht, der Arcus senilis in der Hornhaut beider Augen beginnt zwar sich zu bilden, aber ohne dem Feuer des Auges zu schaden. Überhaupt ist das Auge in ihm vorzüglich sprechend; mir erschien darin zunächst die ganze Weichheit des Dichtergemüts, welche sein übriger ablehnender Anstand nur mit Mühe zurückgehalten zu haben und gegen das Eindringen und Belästigen der Welt geschützt zu haben schien. Wohl aber flammte auch im weitern wärmern Gespräche dann und wann das ganze Feuer des hochbegabten Sehers hervor. – So saß ich ihm denn nun gegenüber! Die Erscheinung eines Menschen, welchem ich selbst soviel Einfluss auf meine Entwicklung zugestehen musste, war mir plötzlich nahegerückt, und ich war umso mehr bemüht, diese Erscheinung hinlänglich zu erfassen und zu beobachten. – Die gewöhnlichen einleitenden Gespräche waren bald beseitigt, und ich erzählte von meinen neuen Arbeiten über das Knochengerüst und teilte ihm die Bestätigung seiner frühern Vermutung über das Dasein von sechs Kopfwirbeln mit. Zur schnellern Darlegung ersuchte ich um Bleistift und Papier, wir gingen in ein zweites Zimmer, und wie ich nun den Typus eines Fischkopfes in seiner Gesetzmäßigkeit schematisch entwickelte, unterbrach er mich oft durch beifällige Ausrufungen und freudiges Kopfnicken. »*Ja, ja! Die Sache ist in guten Händen,*« sagte er; »*da haben uns der S. und B. so etwas hergedunkelt; nun, nun! Ja, ja!*« Der Diener brachte eine Kollation und Wein; wir genossen. Er sprach von meinen Bildern, erzählte, wie ihm das Brockenhaus längere Zeit rätselhaft geblieben sei, und wie diese Dinge überhaupt wohl in Ehren gehalten würden. Auch ließ er sein Portefeuille über vergleichende Anatomie bringen, und zeigte seine früheren Arbeiten. – Späterhin kamen wir auf das Bedeutungsvolle in der Form der Felsen und Gebirge für die Bestimmung der Art des Gesteins, ja für die gesamte Bildung der Erdoberfläche, und auch hier war er schon gewesen, ja hatte dafür gesammelt, wie eine zweite Mappe mit Felsenzeichnungen vom Harz und andern Orten bewies. – Kurze Zeit blieb ich dann im Zimmer allein, und es war mir merkwürdig, die nächsten Umgebungen Goethes zu beachten. Außer einem hohen Gestelle mit gewaltigen Portefeuilles zur Kunstgeschichte interessierte mich ein Schrank mit Schubkästen (vielleicht Münzsammlung), auf dessen Decke eine große Menge antike Götterbilderchen, Faunen usw., darunter indes auch ein ganz kleiner goldener Napoleon in das Stück einer glockenförmig verschlossenen Barometerröhre gestellt, sich bemerklich machten. – Alles deutete auf die vielseitigen Bestrebungen des Besitzers! – Als Goethe wieder eingetreten war, wendete sich das Gespräch noch auf die entoptischen Farben, er ließ Karlsbader Glasbecher mit gelber durchsichtiger Malerei bringen und zeigte mir daran die fast wunderbaren Verwandlungen von Gelb in Blau, Rot und Grün, je nachdem die Beleuchtung so oder so geleitet wurde. Äußerungen über die ungünstige Aufnahme so vieler seiner wissenschaftlichen Arbeiten konnte er nicht ganz unterdrücken, und eine jede Pause des Gesprächs wurde mit einem höchst gutmütig ausgesprochenen »*Ja, ja!*« und »*nun, nun!*« belebt. Ich durfte mich nicht entfernen, ohne einen Becher Weins mit ihm geleert und ein feines Weißbrot mit ihm geteilt zu haben, und so war es 1 Uhr geworden, als ich scheiden musste, ich ging, – in aller Hinsicht erfreut und erwärmt.«

Ich habe ihn leider! Seit diesen Tagen nie wieder gesehen! – Meine Rückreise führte über andre Gegenden, und andre Reisen konnten diese Richtung nicht nehmen. Nichtsdestoweniger blieben wir in steter Wechselwirkung. Zurückgekehrt, sendete ich bald an Goethe einige Tafeln, auf welchen die Gliederung des Kopfskeletts aus drei Schädelwirbeln, drei Hilfs- oder Zwischenwirbeln und drei Antlitzwirbeln genau verzeichnet war, und auch von einer andern Arbeit, welche seit mehreren Jahren in meinem Pulte lag, nämlich von den Briefen über Landschaftsmalerei hatte ich ihm Meldung gegeben und war bereit, sie ihm vorzulegen.

Bald darauf erhielt ich folgenden Brief, welcher abermals manche sehr gewichtige Äußerung enthält: –

*Ew. Wohlgeboren*

*nur allzu kurzer Besuch hat mir eine tiefe Sehnsucht zu-rückgelassen, ich habe mich die Zeit her gar oft mit Ihnen im Stillen unterhalten und Ihre Reise in Gedanken beglei-tet, überzeugt, dass schöne Früchte zu erwarten seien, und zwar nicht späte, sondern unmittelbare, indem Sie sam-melnd und erwerbend, alsobald zu ordnen wissen.*

*Wir leben in einer eigenen Zeit, die wahre Naturansicht verbreitet sich zwar immer mehr, das Wunderliche jedoch ist dabei, dass die Mitarbeiter sich als Rivalen zeigen und wenige recht begreifen,dass, um etwas zu sein, man einem großen Ganzen gehören müsse.*

*Die übersendeten zwei Tafeln sind mir sehr wert, ich sehe, dass sie die Abteilung in sechs Schädelknochen mit Num-mern bezeichnen und durch hinzugefügte Buchstaben auf die Übereinstimmung hindeuten.*

*Wie traurig, schrecklich, sinnverwirrend ist gegen diesen einfachen Vortrag das kolossale, in gleichem Maße verun-glückte Spixische Werk, welches die alte Wahrheit wieder zutage bringt, dass man mit fremdem Gute nicht so be-quem, fruchtbar und glücklich gebare als mit eignem.*

*Wenn ich nun schon, Ihre Tafeln betrachtend, meine eigne Überzeugung darin zu sehen glaube, so wünschte ich doch, Sie übersendeten mir gefällig die Worterklärung dazu, da-mit ich sicher wisse, dass meine Auslegung mit der Ihrigen übereintrifft; ich muss dieser Angelegenheit in dem 4. Hef-te der Morphologie, woran eben jetzt gedruckt wird, not-wendig gedenken, da möchte ich mich denn am liebsten in völliger Übereinstimmung mit Ihnen ausdrücken.*

*Wollten Sie ferner auch von dem Werke selbst über das Schalen- und Knochengerüst kürzlich mitteilen, was Sie allenfalls zur Kenntnis des Publikums zu bringen geneigt wären, so würde solcher Anzeige gern eine schickliche Stelle anweisen.*

*Bei Gelegenheit der trefflichen Arbeiten d'Altons, deren 2. Heft, die Pachydermata enthaltend, eben vor mir liegt, werd ich einiges zu äußern haben. Solche Bemühungen müssen freilich Bewunderung und Erstaunen erregen und alles, was in uns steckt, zutage bringen.*

*Schließlich aber bekenne ich gern, dass es mir sehr angenehm sein wird, Ihren Aufsatz über die landschaftlichen Bilder zu lesen. In meiner Kupferstichsammlung habe diesem Kapitel eine große Breite erlaubt und besitze sehr viel erfreulich Belehrendes von der Zeit an, wo die Landschaftsmalerei sich mit der geschichtlichen erst ins Gleichgewicht setzte, dann sich von ihr loslöste, aber noch immer dichterisch blieb, bis sie in der neuern Zeit, nach dem Durchgang durch eine gewisse Manier, sich zu wirklichen Ansichten beinahe ausschließlich herangibt.*

*Wie sehr Sie ein Recht haben, über diese Gegenstände zu sprechen, beweisen Ihre eigenen Arbeiten, die noch täglich mir und meinem Sohn viel Freude machen, dem ich, als einem Höhelustigen, das Brockenhaus abtreten musste.*

*Von Zeit zu Zeit würde uns eine Sendung dieser Art sehr erfreuen, sie sollte ungesäumt zurückkehren; fürs Porto ist diesseits gesorgt.*

*Treulich teilnehmend*

Goethe.

Weimar, den 13. Januar 1822.

Dem Wunsche am Schlusse dieses Briefes hatte ich einen Monat später durch Übersendung eines Bildes entsprochen, welches späterhin Eigentum Ihrer Majestät, der jetzt unlängst verstorbenen Königin Carolina von Bayern geworden ist. Es stellte den Abendspaziergang Fausts am Ostervorabende dar und wurde von Goethe, welcher es einige Zeit zur Ansicht dort behielt, in den Heften über Kunst und Altertum ausführlicher besprochen. Nächstdem hatte ich für die morphologischen Hefte einen Aufsatz über die Konstruktion der Schalenformen mitgeteilt, zu welchem einige schematische Figuren gehörten. – Auf alles dieses sowie auf das Manuskript der Briefe über Landschaftsmalerei bezog sich das, was in den folgenden vier Briefen, von welchen die beiden letztern als Empfehlungsbriefe für talentvolle Künstler zu betrachten sind, enthalten war: –

*Ew. Wohlgeboren*

*geneigte Sendung hat mir und den sämtlichen Kunst- und Naturfreunden große Freude gemacht; fürwahr! Sie vereinigen soviel Eigenschaften, Fähigkeiten und Fertigkeiten, deren innigst lebendige Verbindung teilnehmendes Bewundern erregt.*

*Von allen jedoch nächstens umständlicher, gegenwärtig nur die vorläufige Bitte, ob Sie wohl die Gefälligkeit haben wollten, beikommendes Blättchen zu rektifizieren? Ich würde die beiden Zirkel mit ihren Buchstaben in Holz schneiden und die Erklärung wie hier geschrieben mit Druckschrift untersetzen lassen; deswegen um genaue Berichtigung des Blättchens wohl bitten darf.*

*Schließen kann ich übrigens nicht, ohne zu sagen, dass Ihre Hilfswirbel mich sehr ansprechen; besonders der erste, dessen Notwendigkeit ich immer dunkel geahnt habe; wie freut mich, dass mein Vorgefühl durch Ihre schönen Bemühungen zum Schauen geführt wird.*

Ergebenst
J. W. Goethe.
Weimar, d. 18. Febr. 1822.

[¹] *Ew. Wohlgeboren*

*die angenehmen Bilder zurücksendend, füge zugleich den schriftlichen Aufsatz hinzu; beide stehen in dem reinsten Bezug und deuten auf ein zartes, gefühlvolles Gemüt, das in sich selbst einen wahren haltbaren Grund gefunden hat. Die hiesigen Kunstfreunde wallfahrteten fleißig zu dieser lieblichen Erscheinung und eigneten sämtlich mit Behagen und Zufriedenheit jeder sich das Seinige zu. Haben Sie daher vielen Dank für die Mitteilung, wobei ich nur wünsche, dass die zarten Arbeiten wieder glücklich zu Ihnen gelangen mögen, worüber mir gefällige Nachricht erbitte. Die so wohl gedachten als schön geschriebenen Briefe über Landschaftsmalerei sollten Sie dem Publikum nicht vorenthalten, sie werden gewiss ihre Wirkung nicht verfehlen und für die mannigfaltigen Anklänge der Natur das Auge der Künstler und Liebhaber glücklich aufschließen. Wenn ich nun von der anderen Seite betrachte, wie tief und gründlich Sie das organische Gebilderfassen, wie scharf und genau Sie es charakteristisch darstellen, so ist es wirklich als ein Wunder anzusehen, dass Sie bei solcher Objektivität so gewandt sich zeigen in demjenigen, was dem Subjekt allein anzugehören scheint.*

*Der ungeachtet Ihrer deutlichen Zeichnung in den Druckerstock sich eingeschlichene Fehler lässt sich leider nicht wieder herstellen, daher werde das erratum bemerken, wie Sie es angezeigt haben. Lassen Sie mir von Zeit zu Zeit,*

---

[¹] Dieser Brief ist vor meinen Briefen über Landschaftsmalerei abgedruckt worden.

19

*wie Ihre Tafeln fertig werden, einen Abdruck sehen, damit ich die Ungeduld auf Ihr erst in einem Jahre zu hoffendes Werk einigermaßen beschwichtige. Bezog sich auf mein erst sechs Jahre später erschienenes Werk von den Ur-Teilen des Knochen- und Schalengerüstes. C. Das neueste Heft meiner Morphologie übersende nächstens.*

Treulich teilnehmend

J. W. v. Goethe.

Weimar, d. 20. April 1822.

*Ew. Wohlgeboren*

*Geneigtheit lässt mich hoffen, dass Sie den Überbringer dieses freundlich aufnehmen, auch meine und seine Wünsche wohlwollend erfüllen mögen.*

*Ein talentvoller Jüngling, Friedrich Preller, Schüler des hiesigen Zeichnen-Instituts, welcher schon das vergangene Jahr einige Zeit in Dresden zugebracht und auf der Galerie zwei Gemälde nach Ruisdael und Potter kopiert hat, zieht jetzt wieder dahin, um das Studium der Landschaftsmalerei weiter fortzusetzen, und ich nehme mir die Freiheit, denselben Ew. Wohlgeboren zu empfehlen, damit er seine Absicht desto sicherer erreiche. Er hat sich durch Fleiß und natürlich gute Anlage bereits eine hübsche Fertigkeit im Zeichnen und Malen erworben, und so möchte es angemessen sein für ihn, sich nun den künftigen Sommer an irgendeinem bedeutenden Bilde zu versuchen. Ruisdael oder Berghem scheinen mir diejenigen Meister, welche der Neigung unsers jungen Künstlers am besten zusagen und an denen sich auch sein Talent am fördersamsten entwickeln dürfte; Ruisdael wegen dem Gehalt und der Anmut seiner Erfindung, schöner Wirkung und Übereinstimmung des Ganzen, Berghem vorzüglich wegen dem vor-*

trefflichen Vieh, womit er zu staffieren pflegt, wegen der Heiterkeit in den Farbentönen, und weil sich auch in seinen Entwürfen zuweilen eine poetische Großartigkeit findet.

Zwar wollte ich überhaupt weder wegen der Wahl eines Gemäldes etwas bestimmen, noch den Meister ausschließlich nennen, an den sich Preller halten soll, man wird sich in beiden nach den obwaltenden Umständen richten müssen; aber ich wollte Ew. Wohlgeboren freundlichst ersuchen, besagtem jungen Menschen mit Ihrem Rat und Ihrer Kunsterfahrenheit bei der Wahl eines zu kopierenden Gemäldes an die Hand zu gehen, wie auch denselben auf der Galerie durch Ihre vielgeltende Fürsprache zu begünstigen.

Der ich in Hoffnung: dass sowohl Gemälde als Manuskript glücklich angekommen, mich bestens empfehle und mit aufrichtiger Hochachtung unterzeichne

ergebenst
J. W. v. Goethe.
Weimar, d. 25. April 1822.

Ew. Wohlgeboren

erhalten abermals durch einen geschickten Künstler das Gegenwärtige, der auf alle Weise verdient, von Ihnen gekannt zu sein. Es ist Herr Professor Kolbe von Bonn, der sich lange in Paris aufgehalten hat und schon seit den Weimarischen Kunstausstellungen mit mir in Verbindung steht. Das eigne Talent wird er legitimieren, auch seine und unsere Freude an Ihren Landschaften aussprechen. Es steht darüber ein Aufsatz, für Kunst und Altertum bestimmt, schon auf dem Papier. Verschiebt sich der Druck, so sende eine Abschrift.

*Noch vor meiner Abreise nach Böhmen hoffe das 1. Heft Morphologie zu überschicken, mit herzlichem Dank, dass Sie solches durch Ihre Anzeige haben schmücken wollen.*

*Das Bonner osteologische Werk habe nicht gesehen. Können sich doch die Menschen über viel leichtere Dinge nicht vereinigen, was werden sie diesem Problem noch alles für Auslegung suchen. Ich meinerseits glaube bei der Ihrigen acquieszieren zu können.*

*D'Altons Faul- und Fetttiere sind jetzt mein tägliches Studium, er bringt gar vieles den Augen und dem Geist entgegen.*

*Möge Ihnen alles Unternommene gelingen, vielleicht senden Sie mir Tafeln und Aushängebogen, wie sie mitteilbar werden, damit ich nicht allzu lange warten darf. Mit den besten Wünschen*

*treulich teilnehmend*
J. W. v. Goethe.
Weimar, d. 8. Juni 1822.

Im folgenden Jahre empfing ich mit dem nachstehenden Briefe die Sendung des 1. Heftes vom 4. Bande von »Kunst und Altertum«, allwo S. 48 und folgende vier meiner Bilder etwas ausführlicher besprochen werden. – Merkwürdig war mir, dass in diesem Briefe Goethe zum ersten Male seines Befindens erwähnte, denn obwohl er hier noch zufrieden sich darüber ausspricht, war ihm doch schon eine schwere Krankheit nahe, von welcher er erst sich Ende März erholen konnte:

*Beikommendes neustes Heft von Kunst und Altertum fordert mich auf, auch wieder einmal an Ew. Wohlgeboren Wort und Gruß gelangen zu lassen; da ich dann zuvör-*

*derst den Wunsch ausspreche, dass die Gedanken der Weimarischen Kunstfreunde über die höchst schätzbaren Bilder auch Ihr eigenes Gefühl ansprechen mögen.*

*Hinzufüge eine Anfrage, der ich den zweiten Wunsch beigeselle: Möchten Sie mir für das nächste Heft morphologischen Inhalts nur irgendeinen kleinen Beitrag geben? Meinen Zwecken gemäß, die Ihnen genugsam bekannt sind. Vielleicht sagen Sie etwas über Ihr neustes Werk, welchem wir zu Ostern entgegensehen. Wenn es auch nur wenige Blätter sind, so wäre es mir angenehm als ein Zeugnis teilnehmenden, wechselseitigen Verhältnisses; ich habe noch einige Freunde um die gleiche Gefälligkeit ersucht.*

*Möge nach der strengen Kälte die milde Witterung auch Ihnen zugutekommen und das bevorstehende Frühjahr in den herrlichen Dresdner Gegenden Ihnen vollkommen genussreich werden. Mein Befinden ist von der Art, dass ich die vergangenen drei Monate zu manchen Arbeiten und Vorarbeiten ununterbrochen benutzen konnte. Mit den aufrichtigsten Wünschen*

ergebenst
J. W. v. Goethe.
Weimar, d. 31. Januar 1823.

Mit einem der folgenden Briefe erhielt ich einen kleinen, nett eingerichteten Apparat zur Farbenlehre. Wie ich oben erzählte, hatten wir gemeinschaftlich bei meiner Anwesenheit in Weimar einige jener gemalten Karlsbader Trinkgläser betrachtet, auf welchen sich manche Urphänomene der Farbenbildung, insofern sie durchscheinende Farben betrafen, prächtig herausstellten. – So erinnere ich mich eines Glases, auf welchem die eingebrannte Malerei einer zusammengerollten Schlange sich befand. – Sah man sie an dem frei in hellem Lichte stehenden Glase, so erschien die Schlange gelb, legte man hingegen ein schwarzes Papier in das Glas und betrachtete das Bild bei von vorn auffallendem Lichte, so glänzte es im prächtigen Ultramarinblau, während ein schief einfallendes Licht sogleich diese Farbe in angenehmes Papageigrün verwandelte. – Diesen Vorgang der Farbenentstehung bei durchscheinendem Lichte hatte nun Goethe eigentlich zuerst genauer verfolgt. Ihm war es ganz klar geworden, dass eine Farbe, die uns tausendfältig entzückt und beglückt, nämlich das reine Himmelsblau, nur dadurch entstehe, dass wir das tiefe Dunkel des unendlichen Weltraums durch die erleuchtete Trübe einer vom Sonnenlicht durchdrungenen Atmosphäre hindurchscheinen sehen; ebenso wie andererseits die rote Glut der untergehenden Sonne nur dadurch zustande kommt, dass eine absolute Helligkeit, wie die der Sonne, durch das sich davor stellende Trübe der irdischen Atmosphäre gemildert und gefärbt wird. Wie gesagt, diese Art der Farbenbildung hatte sich dem tiefsinnigen Geist Goethes zuerst recht klar erschlossen, und sie wurde durch kleine Apparate wie der, den er mir sendete, wo sich unter gespannten Fäden kleine, trübgelblich durchscheinend gebrannte Glastäfelchen bald auf schwarzem, bald auf weißem Felde hin- und herschieben lassen, trefflich erläutert. – Will man Goethes Farbentheorie eine Unvollkommenheit nachweisen, so ist sie nur darin zu suchen, dass ihm nicht aufgegangen war, es gebe außer der Farbenbildung auf dem Wege des durchscheinenden Lichtes, welche er eigentlich allein gelten ließ, auch noch eine Farbenbildung durch

Lichtbrechung (so entsteht die Farbenpracht des Regen-
bogens und das Farbenspiel des Diamants) und eine
Farbenbildung durch Spiegelung (wohin sämtliche Pig-
mentfarben zu zählen sind). – Für die Farbenentstehung
oder Chroagenesie, wie Goethe sagt, ist nun jener kleine
mir gesendete Apparat ein allerliebster Wegweiser, und
vielfältige Versuche mit demselben haben seitdem gar
oft Freunden und Bekannten das Phänomen der Farbenentstehung im Durchscheinen erläutert. Dabei muss ich
aber noch gedenken, dass auch in der Art und Weise,
wie Goethe selbst dergleichen Kleinigkeiten nur mit einer gewissen Nettigkeit und Akkuratesse eingerichtet
wissen mochte, man in Wahrheit fast den Vater wieder-
zuerkennen meint, welcher die Zeichnungen des Sohnes
nicht in ihren verschiedenen ungleichen Formaten ertra-
gen wollte, sondern allesamt sauber mit der Papiersche-
re in ein gewisses regelmäßiges Format zusammen-
schnitt. Wirklich erinnere ich mich keiner Sendung von
Goethe, so Bücher, kleiner Geldsendungen für Kupfer-
stecher und dergleichen, die nicht aufs Zierlichste verpackt gewesen wäre, und so war auch dies kleine, zur
Erläuterung der Chroagenesie bestimmte Kästchen zwar
einfach, aber höchst regelmäßig und zierlich eingerichtet
und verpackt. – Nicht minder hatte ich ja gesehen, wie in
seinen Zimmern und Portefeuillen eine strenge, muster-
hafte, an Pedanterie grenzende Ordnung und Reinlich-
keit herrschend war, und fern von aller ostensibler lie-
derlicher sogenannter Genialität, konnte die Ordnung
und Zierlichkeit seiner äußeren Umgebung ein wohltu-
endes symbolisches Bild geben von der feinen Ordnung
und lichten Schönheit seines innern geistigen Lebens. –

Dass ich übrigens die mir von Goethes Sohne gemeldete glückliche Genesung des Vaters mit Freuden aufnahm, kann man denken, und indem ich letzterm meine innigsten Glückwünsche hierzu im April 1823 gesendet und ihm zugleich einen jungen, für das Fach der Kunstgeschichte reisenden Dänen angelegentlich empfohlen hatte, konnte ich nicht umhin, anzufragen, wo doch jene für die Bildung durchscheinender Farben so interessanten Becher zu haben wären. Erwiderung hierauf findet sich im ersten der beiden folgenden Briefe, während der zweite den kleinen Apparat selbst begleitete: –

*Ew. Wohlgeboren*

*verfehle nicht zu vermelden, dass Herr Hoym aus Dänemark seinerzeit glücklich angekommen und ich ihn, da ich mir es eben zumuten konnte, eine kurze Zeit gesprochen; ich habe an ihm einen ganz wackern jungen Mann gefunden, und unser Hofrat Meyer, der ihn öfter gesehen, gibt ihm auch das beste Zeugnis und hat ihn gewiss in seinem Fache gefördert.*

*Für Ew. Wohlgeboren Teilnahme an meiner Wiedergenesung danke zum allerbesten; bei meinem Wiedereintritt ins Leben erfreue ich mich doppelt und dreifach derjenigen Männer, welche auf so trefflichen Wegen sind, und fand es höchst wünschenswert, noch eine Zeit lang in Ihrer Nähe zu verweilen und Zeuge von Ihren Fortschritten zu sein.*

*Zugleich sei mir eine Anfrage erlaubt: ob die den 12. März von hier abgegangene, für die Morphologie bestimmte Zeichnung richtig zu Ihnen gelangt ist und ob ich hoffen kann, die erbetene Kupfertafel bald zu erhalten? Der verdienstvolle Aufsatz ist abgedruckt und die Hefte gehen ihren gemessenen Schritt vorwärts.*

*Sehr gern würde ich ein Trinkglas, wie Sie bei mir gesehen, überlassen, wenn noch eins vorrätig wäre; das vorgezeigte ist mein letztes; sie sind überhaupt seltener, als ich anfangs dachte; bei meinem vorjährigen Aufenthalt konnte keins erlangen. Indessen sende nächstens auf eben die Weise getrübte Glasscheibchen, welche dieselben Phänomene nur nicht mit solcher Anmut vor Augen bringen; ich füge noch einige Bemerkungen alsdann hinzu.*

*Der ich mich aufs Neue zu fortdauerndem wohlwollendem Andenken, sowie zu gelegentlicher Mitteilung schönstens empfohlen haben will.*

Ergebenst
J. W. v. Goethe.
Weimar, d. 14. April 1823.

*Hierbei erfolgt ein kleiner, einfacher Apparat an der Stelle eines wünschenswertem Trinkglases. Wollen Sie indessen bei hellem Tage, ja im Sonnenschein selbst, diese Blättchen bald auf weißem, bald auf schwarzem Grunde betrachten, so werden Sie sehen, wie schön das größere über dem Weißen gelb erscheint und über dem Schwarzen ins Violette hinüber äugelt. Das kleinere Glas zeigt über dem Weißen Chamois und über dem Schwarzen ein reines Himmelsblau.*

*Von diesem letzten hätt' ich gern auch ein größeres Scheibchen gesendet, allein sie gelingen bei der chemischen Operation seltener und werden so spröde, dass sie leicht zerspringen; indessen zeigt doch diese kleine Scherbe, worauf es eigentlich ankommt; hier ist der Grund aller Chroagenesie, wem er sich entfaltet, der ist geborgen.*

*Ew. Wohlgeboren müsste dies alles bei dem schönen Blick in die Natur nicht fremd sein; doch ist es immer fördernd, wenn wir die Gesetze kennen dessen, was wir aus innerm Antrieb praktisch geleistet haben. Erhalten Sie mir ein freundliches Gedenken.*

Ergebenst

J. W. v. Goethe.

Weimar, d. 16. April 1823.

In diesem und in dem folgenden Jahre hatte Goethe sich noch einmal insbesondere den Naturwissenschaften zugewendet und fast anhaltend beschäftigte ihn die Herausgabe der Hefte zur Morphologie. Mit Lebhaftigkeit interessierte er sich fortwährend für meine Arbeiten über die Lehre vom Wirbelbau und dieses gab mehrfachen Anlass zu abermaliger Wechselwirkung. Mir selbst hinwiederum war in jenen Jahren als Gegensatz und Ruhepunkt nach angestrengten wissenschaftlichen Arbeiten eine zeitweise Beschäftigung mit der Kunst ein unabweisbares Bedürfnis, und manches Bild von tieferer poetischer Intention datiert aus jenen Tagen. Auch hieran nahm Goethe freundlichen Anteil und von beiderlei Beziehungen geben die nachstehenden vier Briefe, in welchen er nicht selten meiner Bestrebungen nur zu wohlwollend und fast enkomiastisch gedenkt, ein unverkennbares Zeugnis: –

*Ew. Wohlgeboren*

*verzeihen, wenn beikommendes Heft zu spät anlangt; vor meiner Badereise ward es nicht fertig und jetzt drängt sich so manches zusammen, das ich nicht alsobald ins Gleiche bringen kann. Haben Sie Dank für das Mitgeteilte. Finden Sie etwas für das nächste Heft, so werd' ich es mit Vergnügen aufnehmen. Indessen bitte von Ihrer neusten Be-*

schäftigung mir einige Kenntnis zu geben. Mich bedrängt altes und neues Interesse von so mancherlei Seiten, dass ich keiner genug zu tun glaube, doch will ich nach und nach teils öffentlich, teils im Vertrauen, davon einiges mitteilen.

Nehmen Sie indes den besten Dank für den Anteil, welchen Sie dem fähigen Preller gönnen wollen; freilich lassen sich die jungen heranstrebenden Künstler nicht immer so leiten, wie man wünscht; mir will oft scheinen, als wenn Auge und Ohr anders als vor Zeiten gebildet sei, nicht empfänglich für das, was man sonst für das Beste hielt.

Mögen Sie mich wissen lassen, was Sie der Naturforschenden Gesellschaft in Halle vorgetragen, so fördern Sie mich gewiss und verpflichten mich aufs Neue. Mit den aufrichtigsten Wünschen

ergebenst
J. W. v. Goethe.
Weimar, d. 30. September 1823.

*Ew. Wohlgeboren*

sende mit Gegenwärtigem die treffliche Abhandlung zurück. Was ihr in der Eile abzugewinnen war, ist schon alles wert, denn ich konnte mir den Hauptbegriff aneignen, woraus das Nähere sich mit Muße entwickeln wird, wenn mir der Abdruck vor Augen kommt. Nehmen Sie vorläufig meinen besten Dank. Vielleicht gönnen Sie mir eine kleine Anzeige, oder was es auch sei von dem, was Sie zunächst geleistet haben und leisten, für das eben im Druck begriffene Heft der Morphologie. Es ist mir sehr angenehm, dass eine solche Beschäftigung mich mit den großen Bewegungen des Tages immer in einigem Bezug erhält.

*Was Sie uns an eigenen Gemälden mitteilen mögen, soll in dem Museum in gutem Lichte aufgestellt werden, vielleicht tauschen Sie solche Stücke von Zeit zu Zeit mit andern aus und setzen uns dadurch in den Stand, die bewundernswürdige Vielseitigkeit Ihrer ausgebildeten Naturgaben anzustaunen und näher kennenzulernen. Es ist überhaupt mit Worten nicht auszusprechen, auf welcherlei Betrachtung Ihre unerschöpfliche Tätigkeit hinweist.*

*Aufrichtigste Anerkennung und Teilnahme*

ergebenst

J. W. v. Goethe.

Weimar, d. 29. Oktober 1823.

*Ew. Wohlgeboren*

*benachrichtige ich hiermit schuldigst, dass die übersandten Bilder glücklich angekommen sind und bis jetzt den Weimarischen Kunst- und Naturfreunden zu vergnüglicher Betrachtung Gelegenheit geben. Die Aufstellung derselben in dem Museum werde zu gelegener Zeit bewirken, wenn es sich fügt, dass Aufmerksamkeit und allgemeine Teilnahme darauf zu lenken ist, da in diesen Augenblicken, bei ungünstiger Jahreszeit noch mancherlei Zerstreuung sich zwischen ruhige Betrachtung und ein Kunstwerk stellt.*

*Der höchst fruchtbare, mitgeteilte Aufsatz ist abgedruckt, und da ich in eben diesem laufenden Hefte noch einige Worte über Schädel und Wirbel von meiner Seite sagen möchte, so frage an: ob es mit Ihren Zwecken übereinstimmt, dass ich Ihrer Hilfswirbel, die sich mit meiner Vorstellungsweise sehr wohl vertragen, in allen Ehren gedenken dürfte, oder ob Sie sich vielleicht vorbehalten, diese neue Ansicht im Zusammenhange des Hauptwerkes selbst zuerst vorzutragen.*

*Alles Gute wünschend, Ihre vielseitige glückliche Tätigkeit mit Freude bewundernd, empfehle mich zu fernerem wohlwollenden Andenken.*

*Ergebenst*

J. W. v. Goethe.

Weimar, d. 1. Januar 1824.

Ew. Wohlgeboren

*für die letzte Sendung sowie für alles, was mir von Ihnen zugekommen, zum Besten dankend, vermelde, dass der Kasten mit den Bildern von hier nach Jena abgegangen und, wie ich hoffe, sorgfältig von dort weiterspediert werden wird. Diese wahrhaft liebenswürdigen tief gefühlten Kunstwerke kamen zur ungünstigsten Zeit. Unser erst werdendes Museum lag durch unheilbar schwere Krankheit des Aufsehers in trauriger Stockung, die sich dadurch vermehrte, dass eben in dem Augenblicke noch eine andre Anstalt damit verbunden werden sollte, wodurch denn die Verwirrung immer größer ward; die Säle wurden selten besucht, ich hielt Ihre Bilder bei mir aufgestellt, wo sie zu mancher angenehm-geselligen Unterhaltung dienten.*

*Nun ergriff ich bei unserer letzten Ausstellung die Gelegenheit, sie in ein günstiges Licht zu setzen, wo sie denn auch von Hof und Publikum mit Anteil betrachtet wurden; aber mein Wunsch ward demungeachtet nicht erfüllt; gern hätt ich, mit Ew. Wohlgeboren Zustimmung, einiges hier festgehalten, doch auch das wollte nicht gelingen.*

*Ich bin umständlich in solcher Erzählung, weil ich nicht wünschte, dass Sie mich in dieser Angelegenheit für nachlässig hielten; die Umstände waren aber noch viel verwickelter, als ich erzählen kann. Sei es den Weimarischen Kunstfreunden vergönnt, bei Gelegenheit ihre Teilnahme* an diesen werten Kunsterzeugnissen auszusprechen. Was ich von Ihren naturwissenschaftlichen Bemühungen gewahr werde, erfüllt mich jederzeit mit Bewunderung, ich mag die tiefen, reinen Ansichten oder den glücklich freien Vortrag, die genauen Inneres und Äußeres entwickelnden Darstellungen betrachten, alles erregt in mir die genügsamsten Gefühle; Urteil hab' ich nicht über Ihre Arbeiten, ich muss mich darin zu finden suchen, sie zu nutzen wissen und freue mich, in meinen hohen Jahren so viel davon aufnehmen zu können.

In dem leider über die Gebühr verspäteten morphologischen Hefte finden Sie Ihren schönen längst mitgeteilten Aufsatz, und auch von meiner Seite mancher treuen Erwähnung.

Möge die wenige Wirkung, die mir noch vergönnt ist, auch Ihnen zu einiger Zufriedenheit gereichen.

Aufrichtig teilnehmend<br>J. W. v. Goethe.<br>Weimar, d. 2. Oktober 1824.

Am Anfange des folgenden Jahres ersuchte mich ein Freund – musikalischen Bestrebungen seit frühen Jahren eifrig zugewandt, bei Goethe anzufragen und einzukommen, ob er nicht geneigt sich finden dürfte, zu jenem niedlichen kleinen Singspiel – Jery und Bätely – mit dessen Komposition dieser Freund sich eben beschäftigte – noch einen etwas massenhaftern Schluss hinzuzudichten. – Nur mit einer gewissen Sorge, Goethe zu belästigen, konnte ich mich entschließen, ihm in dieser Angelegenheit zu schreiben; indes – mein Brief musste den alten Herrn gerade in der behaglichsten Stimmung getroffen haben, denn wenige Tage später erfolgte schon mit nachstehenden Zeilen die fertige Schlussszene des Ganzen, wie sie nun in allen spätern Ausgaben der Werke aufgenommen ist. – Sie beginnt mit einem Chor der Sennen, dem ein Hörnergetön von Alpe zu Alpe vorausgeht, und endigt mit dem Chor

>>Friede den Höhen,
Friede den Matten;
Verleiht ihr Bäume
Kühlende Schatten
Über die junge Frau,
Über den Gatten;
Nun zum Altar!<< usw.

*Ew. Wohlgeboren*
*übersende in freundlichster Erwiderung Ihres gestern erhaltenen, geehrten Schreibens einen wahrhaft extemporierten Schluss zu Jery und Bätely. Herr Cerf, dem ich mich bestens empfehle, wird als musikalischer Dichter diese Skizze seinen Zwecken am besten anzupassen verstehen.*

*Mehr sag ich nicht, damit die heutige Post nicht versäumt werde.*

Ergebenst
J. W. v. Goethe.
Weimar, d. 22. Januar 1825.

Die Sendung wurde vom Komponisten höchst dankbar aufgenommen und musikalisch bearbeitet, doch ist mir nicht bekannt geworden, dass sein Werk später jemals veröffentlicht worden wäre.

Auf höchst erfreuliche Weise wurde ich im Anfange des Jahres 1826 überrascht durch einen Glückwunsch

Goethes – mir zugleich mit d'Alton, dem nun auch, einige Jahre nach Goethe, verstorbenen Autor jener großen trefflichen Abbildungen der Säugetierskelette, bestimmt. Das Blatt kam mir überdies gerade an meinem siebenunddreißigsten Geburtstage, dem 3. Januar, zu Händen und ließ den wohltuendsten und zugleich anregendsten Eindruck für neue Tätigkeit zurück. Denn wer irgend versucht, in einer bestimmten Richtung einen Wirkungskreis im Leben oder in der Wissenschaft sich zu bilden, erfährt, je weiter er diesen Kreis ausdehnt auch umso mehr, neben mancher günstigen Erwiderung, Misswollen, Widerspruch, ja entschiedene Anfeindung. Dergleichen verfehlt denn doch nicht, zu manchen Zeiten empfindlich zu werden und für eine gewisse unbequeme Stimmung, die sich infolgedessen wohl entwickeln kann, ist kein entschiedeneres Heilmittel zu denken als der beistimmende und durchaus in unsre Gesinnung eingehende Zuruf eines von uns hochgeachteten und allgemein als groß und tüchtig anerkannten Geistes:

> »Wenn ich das neuste Vorschreiten der Naturwissenschaften betrachte, so komm' ich mir vor wie ein Wanderer, der in der Morgendämmerung gegen Osten ging, das heranwachsende Licht mit Freuden anschaute und die Erscheinung des großen Feuerballs mit Sehnsucht erwartete, aber doch bei dem Hervortreten desselben die Augen wegwenden musste, welche den gewünschten gehofften Glanz nicht ertragen konnten.
>
> Es ist nicht zu viel gesagt, aber in solchem Zustande befinde ich mich, wenn ich Herrn Carus Werk vornehme, das die Andeutungen alles Werdens von dem einfachsten bis

zu dem mannigfachsten Leben durchführt und das große Geheimnis mit Wort und Bild vor Augen legt: dass nichts entspringt, als was schon angekündigt ist, und dass die Ankündigung erst durch das Angekündigte klar wird, wie die Weissagung durch die Erfüllung.

Rege wird sodann in mir ein gleiches Gefühl, wenn ich d'Altons Arbeit betrachte, der das Gewordene, und zwar nach dessen Vollendung und Untergang darstellt und zugleich das innerste und äußerste Gerüst und Überzug, künstlerisch vermittelt vor Augen bringt und aus dem Tode ein Leben dichtet. So seh ich auch hier, wie jenes Gleichnis passt. Ich gedenke, wie ich seit einem halben Jahrhundert auf eben diesem Felde aus der Finsternis in die Dämmerung, von da in die Hellung unverwandt fortgeschritten bin, bis ich zuletzt erlebe, dass das reinste Licht, jeder Erkenntnis und Einsicht förderlich, mit Macht hervortritt, mich blendend belebt und, indem es meine folgerechten Wünsche erfüllt, mein sehnsüchtiges Bestreben vollkommen rechtfertigt.

Herrn Carus und d'Alton
zum neuen Jahr
treu teilnehmend und
ergeben
Weimar 1826.
J. W. v. Goethe.

Bescheidne, durch Vorstehendes veranlasste Anfrage:

Die untere Kinnlade des Schellfisches erscheint wie eine aufgeblasene Schote; durchsägt zeigt sich zwischen der äußern und innern Lamelle ein festanliegender Knochenkörper. Sollte man diesen als Andeutung eines bei diesem Ge-

*schlecht nie zur Entwicklung kommenden Zahnes halten dürfen? –*

Durch eigenen Trieb und durch so frische Anregung gefördert, arbeitete ich in jener Zeit anhaltend daran, den Begriff allmählicher, von einer Einheit ausgehender, morphologischer Entwicklung mehr und mehr zu deutlicher Darstellung zu bringen. Das zweite Heft meiner großen Erläuterungstafeln zur vergleichenden Anatomie war im Jahre 1827 vollendet und ausgegeben worden. In diesem Hefte war es die Aufgabe, die verschiedenen Ur-Teile des Skeletts durch die verschiedensten Tierklassen in ihrer Durchbildung zu verfolgen, und auf einer Reihe von großen wohlausgeführten Tafeln fanden die Reihen dieser Formen auf so instruktive und pittoreske Weise sich zusammengestellt, dass Goethe, dem das Heft alsbald mitgeteilt worden war, das Ganze humoristisch mit dem Namen einer wissenschaftlichen Augensalbe wohl zu bezeichnen das Recht hatte. Späterhin hat eine in diesen Wissenschaften mehr und mehr Platz ergreifende mikroskopische Richtung die Forscher mehr als billig von Beachtung der Totalität dieser Gestaltungen abgewendet; indes wird auch dieses in fortrückender Zeit in sein rechtes Gleichgewicht sich wieder herstellen, und man wird erkennen, ebenso wie es unmöglich ist, allein durch mikroskopische Untersuchung der Farbenmaße eines Gemäldes zu einem Begriffe des künstlerischen Wertes des Ganzen zu gelangen, ebenso eine gewisse Gesamtauffassung organischer Formen wesentliche Bedingung sei, wenn es darauf ankomme, die Idee der verschiedenen Organismen in der besonderen Art ihres

Sich-Darlebens zu verfolgen und in ihrer eigentümlichen Schönheit zu begreifen.

Goethes Antwort auf jene Sendung lautete also:

*Es ist für ein großes Glück zu achten, wenn wir das alte Wort auf uns anwenden können: Was man in der Jugend wünscht, hat man im Alter genug. In vielen Fächern ist mir das gute Geschick geworden, besonders auch in diesem, welches Ew. Wohlgeboren mit so viel vorzüglichem Talent bearbeiten.*

*Mit sehr angenehmem Gefühl erinnere ich mich der achtziger Jahre, als die vergleichende Anatomie mir das höchste Interesse und die Überzeugung einflößte, dass nur auf solchem Wege Einsicht in die lebende, ja in alle Natur, wie sie auch erscheinen möchte, zu erwerben sei. Camper hatte mächtig gewirkt; ich stand kurz vor seinem Ableben mit ihm in einigem Verhältnis; Sömmerrings rasche Tätigkeit berührte mich mehr; Merck war auch in dieser Liebhaberei mein Geleitsmann. Und so darf ich mich meiner treuen, wenn auch unzulänglichen Bemühungen gern erinnern, jene Epoche mir klar und gegenwärtig denken, nach deren Verlauf ich das Geschäft in den besten Händen sah, um allmählich von der Mitwirkung abzulassen.*

*Welchen großen Gewinn aber bringen mir nicht jene Arbeiten, da sie mich zur Teilnahme alles dessen, was in der Wissenschaft gefördert wird, aufrufen, mich befähigen solche zu prüfen, zu schätzen und mir zuzueignen; besonders mich an allem dem, was Ew. Wohlgeboren durch Meisterhand fördern und ausbilden, mich zu erquicken und zu beleben.*

*Höchst erwünscht erschien mir so Ihr zweites Heft, indem es eine wissenschaftliche Augensalbe enthält, die mich kla-*

*rer und frischer in die Tierwelt hineinsehen macht, nach-
dem ich dieses Frühjahr und Sommer über veranlasst worden, auf das ewige Bilden und Umbilden der Pflanzenwelt
meine Aufmerksamkeit zu erneuern.*

*Auch muss ich noch hinzufügen, dass ich durch neue und
erneute Verhältnisse zu Graf Sternberg, Cuvier, Sömmer-
ring in die organischen Reste der Vorzeit wieder aufmerksam hineinzusehen gedrängt ward, da mich denn immer
Ihre Lehre von den Urerscheinungen begleitete. Fasst man
sie recht, so wird uns mit dem Begriff ein stilles heimliches
Anschauen des Werdens und Steigerns, Entstehens und
Entwickelns immer zugänglicher und lieber.*

*Persönliche Gegenwart und eine, freilich nicht vorüberge-
hende Unterhaltung über diese Gegenstände würde mich
schneller dahin führen, wohin zu gelangen kaum hoffen
darf. Indessen geschieht ja das viele Gute, Treffliche, wenn
ich es auch nicht in seinem ganzen Umfange mir zueignen
kann.*

*Mit den eifrigsten Wünschen eines fortdauernden Gelingens
treu teilnehmend*

*J. W. v. Goethe.
Weimar, d. 16. August 1827.*

Im folgenden Jahre wurde endlich mein Werk über die
Ur-Teile des Schalen- und Knochengerüstes, nachdem es
mich zehn Jahre hindurch anhaltend beschäftigt hatte,
vollendet und dem Publikum übergeben. Es war dasselbe Jahr, in welchem ich als Begleiter Seiner Königlichen
Hoheit des Prinzen Friedrich August – gegenwärtigen
Königs von Sachsen – eine viermonatige Reise durch Italien und die Schweiz zu machen die erwünschte Gelegenheit hatte, und noch ehe ich abreiste, konnte ich die

Zusendung des Buches an Goethe, welcher längst so aufrichtigen Anteil an dieser Arbeit genommen hatte, anordnen. In Florenz erhielt ich seine Antwort – poetisch und tiefsinnig – wie alles was bei höherer Bewegung aus seinem Geiste sich offenbarte:

*Ein alter Schiffer, der sein ganzes Leben auf dem Ozean der Natur mit Hin- und Wiederfahren von Insel zu Insel zugebracht, die seltsamsten Wundergestalten in allen drei Elementen beobachtet und ihre geheim-gemeinsamen Bildungsgesetze geahnet hat, aber, auf sein notwendigstes Ruder-, Segel- und Steuergeschäft aufmerksam, sich den anlockenden Betrachtungen nicht widmen konnte; der erfährt und schaut nun zuletzt: dass der unermessliche Abgrund durchforscht, die aus Einfachstem ins Unendliche vermannigfaltigten Gestalten in ihren Bezügen ans Tageslicht gehoben und ein so großes und unglaubliches Geschäft wirklich getan sei. Wie sehr findet er Ursache, verwundernd sich zu erfreuen, dass seine Sehnsucht verwirklicht und sein Hoffen über allen Wunsch erfüllt worden. Mehr darf ich nicht sagen, denn ich habe kaum einen Blick in das Werk getan, der aber schon auf das Vollkommenste erhebt und befriedigt.*

*Mit den treuesten Wünschen und Grüßen folge dem würdigen Naturforscher gegenwärtiges Blatt, und wo es ihn trifft, sei es Zeuge meines Dankes und meiner Segnungen. Und so fortan*

*treu teilnehmend*

J. W. v. Goethe.
*Weimar, d. 8. Juni 1828.*

Dies sollte der letzte Brief sein, den ich bei Lebzeiten des verehrten Mannes von seiner Hand bekam! – Manche Änderung in meinen Verhältnissen entfernte mich in der nächstfolgenden Zeit von den komparativ-morphologischen Studien, welche mich mit Goethe bisher in näherer Wechselwirkung erhalten hatten, und als ich sie wieder lebhaft aufnahm, um die zweite so viel vermehrte Ausgabe meiner vergleichenden Zootomie zu besorgen – war der Teure von uns geschieden. – Im Jahre 1831 jedoch brachte eine andere Richtung meiner Bestrebungen mich ihm noch einmal näher. – Die Vorlesungen über Psychologie, welche ich ein Jahr zuvor einem sehr ausgezeichneten Kreise von Männern und Frauen gehalten hatte, waren im Druck erschienen und ich verfehlte nicht, auch sie Goethe vorzulegen. Ganz unerwarteterweise blieb meine Zusendung ohne Erwiderung – und als im März 1832 der Unvergessliche uns genommen wurde, beklagte ich zwiefach, nicht noch eine erfreuliche Zeile aus seinem letzten Lebensjahre erhalten zu haben. – So vergingen abermals Jahre, als im Winter 1834–1835 die eigentümlichsten Stimmungen mich drängten, meine Gedanken über den damals zuerst uns ganz bekannt gewordenen Faust zu einem deutlichem Bewusstsein zu bringen. – Von Neuem trat alles, was in meinem Leben auf Goethe sich bezogen hatte, wieder im hellsten Lichte hervor, lebhaft bewegte sich der Zug der Gedanken um den Dichter und die unsterbliche Dichtung, und was mich damals anhaltend beschäftigt hatte, konzentrierte sich zuletzt in drei Briefen, welche ein Heft bildeten, dessen Herausgabe im Jahre 1835 erfolgte und von manchem edlen Gemüte und feinen Geiste mir Dank eingetragen hat. – Wie seltsam war es mir nun, als gerade um diese Zeit – drei Jahre nach dem Dahinscheiden Goethes – mir ein Brief von ihm an mich zu Händen kam! – Die Sache verhielt sich folgendergestalt: Seine Exzellenz der Kanzler von Müller, der geprüfte, vieljährige Freund Goethes, hatte bei der Durchsicht und Ordnung der Korrespondenz von Goethe geglaubt, in der Korrespondenz mit mir einige Lücken zu bemerken und mich um Abschriften der in den Weimarischen Manuskripten fehlenden Briefe ersucht. Als ich diese sendete und das Verzeichnis der in meinen Händen befindlichen Briefe beifügte, wurde mir erwidert, dass sich unter den von Goethe diktierten mir bestimmten Briefen einer, und zwar der letzte vorfinde, welchen hinwiederum ich gar nicht erhalten zu haben scheine. – Natürlich bat ich sogleich um eine Abschrift desselben und erhielt nun erst die auf Zusendung meiner Psychologie vermisste Erwiderung. – Man kann denken, dass gerade damals, wo ich im Geiste so viel mit Goethe mich beschäftigt hatte, mir das Erscheinen eines Briefes an mich – wie aus einer anderen Welt herüber – den wunderlichsten und lebhaftesten Eindruck hinterlassen musste! – Wahrscheinlich hatte ihn Goethe diktiert wie alle die übrigen, es war jedoch entweder die Reinschrift zur Unterzeichnung vom Sekretär nicht besorgt, oder die unterzeichnete verloren worden, und so war mir damals entgangen, was mir bestimmt war, um in späterer Zeit doch noch glücklicherweise mein Eigentum zu werden. Hier denn der Brief: –

*Ew. Wohlgeboren*

*bin sehr gern auf jenem Wege gefolgt, den Sie in Natur und Kunst ausübend zu betrachten in den verschiedensten Richtungen eingeschlagen hatten. Ebenso angenehm ist es*

*mir, Sie gegenwärtig zu begleiten, da Sie uns in unser In-*
*neres zurückführen. Ich sage dies bei den ersten Blicken,*
*die ich in Ihr neuestes Werk tue, wo mir so viel Belehren-*
*des und Aufregendes entgegentritt.*

*Ganz naturgemäß habe ich bei dem Allgemeinen, das Sie*
*vortragen, auf die individuelle Psychologie meiner abge-*
*schlossenen Persönlichkeit zu reflektieren gehabt, und*
*glaubte immer doch nur die Ramificationen jenes geistig*
*organischen Systems, auf die verschiedenste Weise durch-*
*geführt, in Wirksamkeit zu erblicken.*

*So viel sage ich übereilig, und nur soviel andeutend, da ich*
*bei wachsendem Interesse, bei innigstem Eindringen in das*
*Gegebene meist den Mut verliere zu einer umständlichen*
*Ableitung und Durchführung meiner Gedanken über das*
*Gewonnene, wie mir es auch bei dem Studium Ihrer die*
*Organisation aufhellenden Schriften gegangen ist; denn*
*gerade da, wo man sich am tüchtigsten auszusprechen*
*wünschte, fangen an die Worte zu fehlen.*

*Auch hier sage ich nichts weiter, aber zu versichern hab'*
*ich, dass ich Ihre Bemühungen, die uns noch innerhalb des*
*Kreises menschlicher Natur dem Unendlichen anzunähern*
*auf das Richtigste und bescheidenste sich bestreben, teil-*
*nehmend anerkenne; womit ich denn, eine lange Folge sol-*
*cher edlen Unternehmungen wünschend, mich und das*
*Meinige zu wohlwollendem Andenken dringlichst empfeh-*
*le.*

Weimar, November 1831.

Soweit denn also die Schilderung dessen, was persönlich mich mit Goethe in einige Berührung gebracht hat! –
Ich stehe nicht an, es unter die glücklichsten Verhältnisse meines Lebens zu zählen, dass mindestens so weit

mir ein Verhältnis zu ihm gewährt war. Wer längere Zeit in der Welt lebt, erkennt gar bald, wie sparsam überhaupt Begegnungen uns gegönnt sind mit Menschen, welche eine höhere Bedeutsamkeit ihres Innern uns wert macht, und welche ein tief begründetes reines Wohlwollen uns verbindet. Jede verfehlte Begegnung solcher Art ist ein unersetzlicher Verlust, jede erlangte und glücklich gegönnte ein unschätzbarer Gewinn. – Es hat mich daher immer wahrhaft gerührt, wenn der würdige, hochbejahrte C. W. Hufeland in seiner Nachschrift zu Dr. C. Vogels Aufsatz: »Die letzte Krankheit Goethes« – noch mit wahrhaft jugendlicher Wärme das Glück preist, Goethe im Leben nähergestanden zu haben. Er durfte das in so viel weiterer Beziehung sagen – obwohl gerade über irgend wichtigere Probleme er wohl kaum mit Goethe in vieler Wechselwirkung sich befunden hatte; allein ihm war das Glück geworden, Goethe noch in den Jahren voller Kraft des jungen Mannes zu beobachten, und indem ich nun hier diesen ersten Abschnitt beschließe, halte ich es für angemessen, jene Äußerungen Hufelands hier noch selbst mit aufzunehmen, da sie in der Folge zu manchen weitern Betrachtungen uns führen werden. – Seine Worte sind: –

»Ich rechne es zu den größten Vorzügen meines Lebens und zu den schönsten Seiten desselben, dass es mir vergönnt war, diesem großen Geiste, diesem Heros der deutschen Geisterwelt eine lange Reihe von Jahren hindurch persönlich nahezustehen, und sie mit ihm zu verleben, sodass ich ihn als einen wesentlichen Bestandteil meines eignen Lebens betrachten kann. Als Knabe und Jüngling schon sah ich ihn im Jahre 1776 in Weimar erscheinen in voller Kraft und Blüte der Jugend und des anfangenden Mannesalters. Nie werde ich den Eindruck vergessen, den er als Orestes im griechischen Kostüm in der Darstellung seiner Iphigenia machte: Man glaubte, einen Apoll zu sehen. Noch nie erblickte man eine solche Vereinigung physischer und geistiger Vollkommenheit und Schönheit in einem Manne, als damals an Goethe. – Unglaublich war der mächtige Einfluss, den er damals auf gänzliche Umgestaltung der kleinen Weimarischen Welt hatte. – Nachher hatte ich das Glück, zehn Jahre lang (von 1783 bis 1793) als Arzt und Freund seines nähern Umgangs zu genießen. Zwar gab er dem Arzte wenig zu tun, seine Gesundheit war in der Regel, wenige vom Einfluss der Atmosphäre herrührende rheumatische und katarrhalische Beschwerden und besonders die schon damals vorhandene Disposition zu katarrhalischer Angina abgerechnet, vortrefflich; aber desto lieber unterhielt er sich mit dem Arzte als Naturforscher, und so genoss ich bei ihm manche Stunden der interessantesten Mitteilung, Belehrung und geistiger Erweckung.

Es ist mir nie ein Mensch vorgekommen, welcher zu gleicher Zeit körperlich und geistig in so hohem Grade vom Himmel begabt gewesen wäre und auf diese Weise in der Tat das Bild des vollkommensten Menschen darstellte. Aber nicht bloß die Kraft war zu bewundern, die bei ihm in so außerordentlichem Grade Leib und Seele erfüllte, sondern mehr noch das herrliche Gleichgewicht, was sich sowohl über die physischen als geistigen Funktionen ausbreitete, und die schönste Eintracht, in welcher beides vereinigt war, sodass keines, wie so oft geschieht, auf Kosten des andern lebte, oder es störte.

Man kann in Wahrheit sagen, dass dieses hauptsächlich seinen Geist auszeichnete, dass alle Geisteskräfte in gleich hohem Grade und in der schönsten Harmonie vorhanden waren, und dass selbst die bei ihm so lebendige, so schöpferische Fantasie durch die Herrschaft des Verstandes gemäßigt und gezügelt wurde. Und eben dies galt von dem Physischen; kein System, keine Funktion hatte das Übergewicht; alle wirkten gleichsam zusammen zur Erhaltung eines schönen Gleichgewichts. – Aber Produktivität war der Grundcharakter sowohl im Geistigen als Physischen; und im letztern zeigte sie sich durch eine reiche Nutrition, äußerst schnelle und reichliche Sanguifikation und Reproduktion, kritische Selbsthilfe bei Krankheiten und eine Fülle von Blutleben. Daher auch noch im hohen Alter die Blutkrisen und das Bedürfnis des Aderlasses.

Solche Erscheinungen gehören zu den seltensten Geschenken des Himmels. Es ist Freude zu sehen, dass die Entstehung so vollkommener Menschennatur auch noch in unsern Zeiten möglich ist, die so manche für eine Periode der Abnahme des Menschengeschlechtes halten.«

## II. Die Individualität Goethes

Das neunzehnte Jahrhundert hat eine eigne Tonart auf dem großen Saitenspiele des Menschheitlebens angeschlagen. Wer selbst noch tiefer aus dem achtzehnten Jahrhunderte stammt, ist mehr geeignet, die Verschiedenheit von Sonst und Jetzt zu erkennen. – Es sei das keineswegs als ein unbedingter Vorwurf für das neuere Geschlecht gesagt, aber man muss damit anfangen, sich die Verschiedenheit des Älteren und Neueren anschaulich und deutlich zu machen, wenn man verstehen will, aus welchem Stoffe eine Natur geformt wurde, welche in der gegenwärtigen Zeit so nicht mehr hätte entstehen können – ich meine die Individualität eines Goethe. –

Man möchte sagen, das achtzehnte Jahrhundert hatte noch einen in mancher Beziehung etwas verwilderten, aber saftreichern Boden, wenn dagegen der Boden des neunzehnten ausgesogener, fast an allen Stellen mit Kultur überhäuft, oft nur durch künstliche Poudretten tragbar gemacht, und so mitunter allerdings zu sehr merkwürdigen und großen Produktionen angeregt worden ist. – Muss doch das Verfolgen des Fortwachsens der Menschheit durch die ganze Geschichte hindurch uns die Überzeugung geben, dass die Größe der Individualität, das scharfe Hervorheben einzelner Gestalten über eine gleichgültigere Menge allemal mehr der früheren Periode angehöre, und dass es sich in demselben Maße verliere, als eine gewisse allgemeinere Bildung sich ausbreitet, als ein gewisser Grad von geistiger Entwicklung ein Gemeingut wird. Dies gilt wie in der Politik, so in der Wissenschaft, und so auch in der Kunst und Poesie; die eigentlich großen Wirkungen werden in späterer Zeit hervorgebracht durch Assoziationen; die Vereinigung vieler zu einem Zwecke ist das, was dann noch die bedeutendsten Werke hervorruft; indes werden eben darum dies auch mehr Werke des Gemeinnützigen, Werke der Industrie, als Werke freien ideellen Zwecken gewidmet. Wenn also Goethe hervortrat in einer alten freien Reichsstadt, mitten in ihrem einfachen, etwas langweiligen Bürgerleben, in welches nur späterhin der französische Krieg einige Mannigfaltigkeit und Bewegung bringen konnte, so ist gerade dieser breite Boden mehr als irgendein anderer geeignet, einem solchen seine Wurzelfasern weit umher sendenden Baume die beste und ausdauerndste Nahrung zu geben. – Man denke sich anstatt dieser Eintrittsstätte einen industriösen, von Volksbewegung aufgeregten Ort, die Erziehung auf Gesamtinstituten mit kommunistischen Rücksichten, volksrednerisch und massenhaft betrieben; und praktisch gewandte Handelsherren, Fabrikanten, Journalisten, Advokaten und Soldaten mögen hervorgehen, aber niemals die Wunderblume eines Goetheschen Genius. – Wir setzen gern hier gleich hinzu, dass Bildungen letzterer Art hervorzurufen, ja in der Entwicklung zu begünstigen, allerdings gar nicht das Augenmerk eines Staates sein könne; denn eben die machtvolle eigentümliche Entwicklung, der gewaltige spontane Trieb einer ganz ungewöhnlichen Entfaltung, steht in offenbarem Widerspruche mit allem, was von außen künstlich und folgerecht für Entwicklung der Geister getan werden kann. Jenes ist das aus eigner Machtvollkommenheit Sich-Darlebende, dem jeder künstliche, auf Förderung von Mittelgut berechnete Eingriff, nur lästig und störend sein wird, alles, was man ihm wünschen kann, ist, dass nur eben nichts sich künstlicherweise um dasselbe bemühe. – Gleich der Eiche, die auf der Küste eines verwilderten Hochlandes sich gerade am mächtigsten entwickelt, die nur hier in einer halben Wüste breithinschattend mit gewaltigen, herrlich geschwungenen Ästen, durch Jahrhunderte hin heraufwächst, während ein ähnlicher Baum, im schulgerecht angelegten Forste gehegt, seinen von Querästen zeitig gesäuberten Stamm langweilig gerade hinauf treibt, um dereinst zum Legen von Eisenbahnschienen die trefflichsten Nutzhölzer zu liefern, verhält es sich mit der Entwicklung einer bedeutenden menschlichen Individualität. – Der Staat kann natürlich kein wildes Hochland als Wüste anlegen, um eine jener Riesencichen zu erziehen, und wollte er es, so würde doch nur eine englische Parkpartie und kein Gotteswerk daraus werden, und ebenso wenig kann er für die Kultur und Erziehung seiner Staatsbürger anders als massenhaft und für Bildung der Massen wirken, aber eben darin, dass dem so ist, liegt wie aller Trost und Segen des Staatslebens, so auch alle Trostlosigkeit und alles Unheil der Kultur, – Gegensätze, welche nun einmal sich nie und nimmermehr zu einer wahrhaften Ausgleichung bringen lassen sollen und können.

Für unsern Zweck ist es indes wichtig, dass wir noch etwas länger bei der Betrachtung dieser Gegensätze verweilen; denn wer einmal recht gefasst hat, wie gerade nur aus einem solchen Verhältnisse der Umgebungen Goethes Eigentümlichkeit hervorgehen konnte, der wird hieraus und aus dem Gegensatze jener ältern Verhältnisse zu denen einer neuern konstitutionell-industriösen Zeit auch sogleich sich entziffern können, warum Goethe selbst – so sehr sein Geist in anderer Beziehung seiner Zeit vorausgriff – doch kein Mann unserer Zeit, im Sinne der Repräsentanten der Bewegung, sein konnte. – Niemand kann gegen sein eigenes Element ankämpfen und es vernichten wollen; jene Rieseneiche des Hochlandes sehnt sich nicht, in einer modernen Baumpflanzung zu stehen, und jedes Wesen, wie es nur dazu lebt, um gerade nur die ihm eigentümlichste Idee zur möglichst vollständigen Erscheinung zu bringen, so muss es auch fortwährend verneinen und ablehnen, was aus seinem eigentümlichen Boden, aus dem ihm eben gemäßen Kreise des Daseins es herauszudrängen versuchen könnte, oder wodurch es wirklich herausgedrängt wird.

Wem es aus diesen Betrachtungen nicht klar werden will, dass ebendeshalb Goethe auch späterhin nur in dem an sich kleinen und sonst kleinstädtischen Weimar eine ihm liebe und angemessene Existenz finden konnte, der hat ihn schwerlich jemals näher verstanden. Übrigens liegt auch darin wieder ein schöner Zug von eigentümlicher tiefer und praktischer, und ich möchte sagen halb unbewusster Weisheit Goethes, dass er, so leicht es ihm späterhin geworden sein möchte, eine äußerlich größere und glänzendere Stellung anzunehmen, gerade an diesen einfachem Umgebungen mit solcher Treue festhielt, denn weder ein mächtiger Geschäftskreis, noch ein großer luxuriöser Hof mit politischen Intrigen und Wirren hätte ihm zu einer so bedeutenden vielseitigen und erfolgreichen – bis an ein spätes Lebensende fortschreitenden innern Entwicklung Raum gegeben, als das stille Weimar, als der einfache Hof eines Carl August.

Jedenfalls ist es also einer der ersten und wichtigsten Schritte zur bestimmtem Erkenntnis dieser merkwürdigen Individualität, sich die Verhältnisse, unter welchen und in welchen sie sich entwickelte und nur entwickeln konnte, zu vollkommener Anschauung zu bringen. Ich möchte fast sagen, wie zur Erkenntnis der Natur einer Pflanze schon viel gewonnen ist, wenn wir ausgemittelt haben, unter welchem Himmelsstriche und auf welchem Boden sie wächst, ob sie feuchten Wiesengrund oder schattige Waldung liebt, ob sie im Moder des Sumpfs oder ob sie auf freien Höhen der Alpenregionen gedeiht, so ist es auch, wenn wir die Natur, das Wesen einer menschlichen Eigentümlichkeit uns deutlich machen sollen, von höchstem Gewicht, uns die gesamte Konstellation ihrer äußern Verhältnisse zur vollen Anschauung zu bringen. Wer also bei Goethe dieser Beziehungen sich recht klar bewusst geworden, wer eingesehen hat, dass er das große fruchtbare Werk eigner Entfaltung nur vollenden konnte in so einfachen und fast indifferenten äußern Verhältnissen, dem muss es das Törichtste erscheinen, wenn man zuweilen von diesem Geiste, welcher ebendeshalb allerdings nur konservativ und monarchisch gesinnt sein konnte, ein besonderes Eingehen in politische Interessen der Jetztwelt fordern und ihm ein gewisses Ablehnen von allen Richtungen dieser Art zum Vorwurf machen konnte. Dergleichen ist nicht besser als jene abstruse Äußerung eines wohlbestallten Theologen, welcher einst bei Gelegenheit eines Gesprächs über Goethe ausrief: »Da war doch Reinhardt [2] ein ganz anderer Mann!« – Wir lassen daher dergleichen auf sich beruhen und fahren fort, auf unsere Weise das Bild und den Begriff dieses wundersamen Geistes immer weiter und weiter in uns aufzuerbauen und darzulegen.

Sollte ich aber zunächst hier eines als Grundeigenschaft seines Wesens aufstellen, so würde ich mich nicht bedenken, den Begriff einer nach menschlicher Weise durchaus vollkommnen Gesundheit, als die eigentliche Basis seiner Individualität zu betrachten. – Allerdings ist

---

[2] Oberhofprediger zu Dresden

in diesem einen Worte gar vieles zugleich ausgesprochen; denn keineswegs von seinem Leben allein kann dann die Rede sein, sondern der Stamm, der ihn erzeugte, kommt dabei nicht minder in Betrachtung. Wer kann gesund sein, wenn kranke zerrüttete Naturen sein Dasein begründen! – Wir wollen nicht das grundkatholische Dogma Calderons verteidigen, wenn er den Sigismund sagen lässt:

»denn des Menschen größte Sünde
ist, dass er geboren ward,«

aber wir finden in unsern Tagen Menschen genug, die von der Geburt her schon so viel des Ungesunden und Traurigen, so viel des Schwächlichen und Verbildeten mitbekommen haben, dass man in Versuchung gerät, sich bei ihnen jener Stelle wahrhaft zu erinnern. – Nicht so bei Goethe; die tüchtige etwas pedantische, aber durchaus bedeutende und ehrenwerte Natur des Vaters, die feine humoristische, echt weibliche, bis ins hohe Alter fast übermütig lebendige Natur der Mutter haben hier einen Grund gelegt, wie er wohl das Element werden konnte, um darin eine Lebensidee sich darleben zu lassen, die dereinst in vielfacher Beziehung als eine der hohen Blüten der Menschheit sich zu bewähren vermochte; Goethe war in Wahrheit, was man von so vielen sagt und was so wenige sind – ein Wohlgeborner. –

Von dieser Wurzel aus entwickelte sich also der Baum der Gesundheit, um welchen die Entwicklung seines Lebens bis in die seltene Höhe der achtziger Jahre sich hinaufrankte, und welchen wir als die erste und wesentlichste Quelle alles Bedeutenden und alles Mächtigen, sowie alles Lieblichen und alles Schönen betrachten müssen, so die Welt diesem merkwürdigen Dasein verdankt. – Es würde wirklich eine wichtige und psychologisch äußerst interessante Arbeit sein, wenn jemand, dem die Natur der Krankheiten sattsam bekannt wäre, sich über die mancherlei modernen Literatoren und Dichter, welche zum Teil sich mit Goethe in Opposition zu stellen versuchen, die schärfere Einsicht ihrer inneren Lebensverhältnisse verschaffen könnte, um uns zu zeigen, in welchem genausten Zusammenhange das, was sie ihre Poesie nennen, mit dem bald schwindsüchtigen, bald hypochondrischen; bald durch Ausschweifung vergifteten, bald durch und durch verkümmerten Zustande ihres leiblichen Lebens immer gestanden habe oder noch stehe. Wer möchte denn, um ein Beispiel aus vergangenen Tagen zu wählen, verkennen, dass die giftige Bitterkeit jenes großen englischen Geistes Swift mit dem zerrütteten, zuletzt in Wahnsinn endigenden Zustande seiner Unterleibsorgane in genauester Beziehung gestanden habe, und wer hat auch bei Lord Byron nicht ahnen können, in wie vieler Beziehung das dunkle Reich seiner mächtigen Produktionen nur der Abglanz war, den ein zerstörendes Feuer innerer, ihn früh schon lähmender Krankheitszustände an dem nächtlichen Himmel seiner Poesie so nordlichtartig widerleuchten ließ? – Es ist daher auch sehr merkwürdig, wie bestimmt wir zu erkennen vermögen, dass jene Werke, welche aus innerer Kränklichkeit hervorgehen, einen durchaus unbehaglichen, unerfreulichen Zustand zurücklassen, sobald wir uns ihnen eine Zeit lang hingeben, während ein aus innerer Gesundheit und Macht des Geistes hervorgegangenes Werk uns mit einem Lebenshauche, gleich frischer Alpenluft, durchdringen kann, wenn wir anders den Kelch unsrer Gemüter solchen Strahlen zu öffnen das wahrhafte Verständnis erlangt haben. Gar oftmals vermögen wir daher wirklich, wenn wir mit unsrer Art zu fühlen einmal auf dem Reinen sind, schon aus dem Eindrucke, den irgendein Werk uns hinterlässt, auch rückwärts zu schließen, ob dasselbe aus einer gesunden oder ob es aus einer kranken Natur hervorgegangen sei, und wir haben dann an uns selbst den Barometer, welcher uns erkennen lehrt, welches Prognostikon dem Geiste gestellt werden dürfe, in welchem einst, als notwendige Fortbildungen gerade nur jene Blüten auftauchen konnten.

Wenn ich nun aber im Vorhergehenden die Gesundheit als eine Grundeigenschaft Goethes aufgestellt habe, so will ich damit keineswegs es aussprechen, dass er frei von Krankheit geblieben sei; – im Gegenteil – gerade eine von Grund aus gesunde Natur äußert sich ebenso darin, dass sie auch, wenn man so sagen darf, gesunder Krankheiten fähig ist, das heißt, dass Krankheiten – physische und psychische – von welchen nun einmal kein Sterblicher ganz unangefochten bleibt, in einem gewissen regelmäßigen Gange und mit kräftigen und vollkommnen Entscheidungen sich entwickeln und vorübergehen. Wie sehr dieses bei Goethe in seiner physischen Konstitution der Fall gewesen sei, darüber sprechen Vogel und Hufeland, wie oben angeführt, sich sehr bestimmt und deutlich aus; wie wenig aber auch psychisch-krankhafte Zustände – das sind die mannigfaltigsten heftig leidenschaftlichen Bewegungen – vermochten, den innern Bau und den eigentlichen Halt seines geistigen Organismus zu zerstören oder nur bleibend zu beeinträchtigen, das ergibt sich in gar vielem, was wir bei Verfolgung seines Lebens und beim Studium seiner Schriften wohl bemerken können, und das ergibt sich ganz besonders aus der Klarheit und der schönen harmonischen Gestaltung seines hohen, ja höchsten Alters. – Es ist nämlich mit Krankheiten überhaupt eine wunderbare Sache! – ihr Wesen besteht darin, dass in irgendeinen Organismus, neben derjenigen Idee, welche als eigentliches Punctum saliens und als höherer geistiger Kern, dieses Dasein und Sich-Darleben überhaupt und von Haus aus bedingt, eine neue fremdartige Lebensidee sich einlebt, dass diese fremdartige Lebensidee die sämtlichen Vorgänge des Lebens bald mehr bald weniger ihrem Wesen unterordnet und in ihrem Sinne bestimmt, und dass so eine neue eigentümliche Lebensgeschichte innerhalb des diesem Organismus ursprünglich eigenen Lebens auf ihre Weise verläuft und vollendet wird. Ein solcher Krankheitsorganismus, wenn er nun einmal ins Leben tritt, zeigt aber auch sehr verschiedenartige Weisen seines Verlaufs: einmal geschieht es, dass er nach denselben Lebensperioden, welche auch gesunde Organismen bestehen, von früher zarter Entwicklung zu hoher Reife hinanwächst, dann allmählich verkümmert, später abstirbt und zuletzt spurlos verschwindet, worauf das Leben, innerhalb dessen er entstand und verging, gesund, ja oft gesunder als früher zurückbleibt. Ein andermal geschieht es, dass das Leben der Krankheit so gewaltig heranwächst, dass es nicht wieder von dem ursprünglichen organischen Dasein sich abtrennen kann, vielmehr dieses bis zu seinem eignen Ende gefesselt hält, ja dieses Ende übermäßig beschleunigt und somit oftmals schnell tödlich wird. Endlich aber muss auch der mögliche Fall als ein nicht selten vorkommender bemerkt werden, dass wohl die Krankheit abstirbt und sie das Leben als ein wieder gesund gewordenes zurücklässt, jedoch so, dass irgendeine Veränderung, irgendeine Zerstörung, irgendeine Verbildung oder ein Mangel im Organismus zurückbleibt, welche, wie die Narbe die frühere Verwundung, so die vorhanden gewesene Krankheit fort und fort beurkundet. Ich habe dieses einmal Leichen der Krankheit genannt, und dergleichen kommen dem Arzte in gar mannigfaltigen Formen bei übrigens wieder vollkommen gesunden Individuen vor. – Wer nun insbesondere von den verschiedenen Einwirkungen krankhafter Zustände im Gemüte des Menschen und von ihren Einwirkungen auf Charakter und Lebensverhältnisse der Person einen deutlichen und angemessenen Begriff sich erwerben will, dem ist jedenfalls unerlässlich, von diesen verschiedenen Ausgängen krankhafter Zustände überhaupt einen recht vollkommnen Begriff zu erhalten. – Es sei daher erlaubt, dergleichen Vorgänge durch das Beispiel irgendeiner Leidenschaft zu hellerer Anschauung zu bringen, und wählen wir hierzu als Beispiel eine der mächtigsten, das Gemüt des Menschen am mannigfaltigsten und heftigsten bewegenden – die Liebe, – nicht sowohl jene, welche, eben weil sie nur der Ausdruck tiefinnerlich erkannter Seelenverwandtschaft ist, das gesunde Seelenleben entwickelt und in unendlicher Fortbildung von Stufe zu Stufe zu einer immer höhern Bese-

ligung führen muss, sondern die eigentliche Liebesleidenschaft, welche, dem Worte entsprechend, mehr Leiden als Freuden schafft, welche, wie Shakespeare sagt:

> »In den Augen Tau erzeugt,
> Unter Tränen groß gesäugt«

wird, welche heranwachsend nach Art einer Monoma-
nie alles Seelenleben dominiert, und welche dann doch
oft wieder plötzlich sich vermindert, ja erstirbt, und nun
so endlich im glücklichsten Falle den Geist erfrischt und
gesundet zurücklässt. Eine solche krankhafte Leidenschaft entscheidet sich jedoch auch keineswegs immer
gleich einem glücklich durchlebten Fieber zu wahrhafter
Gesundheit; sie kann vielmehr gleich leiblichen Krankheiten auch teils die Natur eines chronischen Leidens
annehmen, kann fort und fort sich erhalten, die besten
Lebenskräfte verzehren, ein stetes Siechtum von Körper
und Geist veranlassen, ja in Wahnsinn und Tod den un-
selig Ergriffenen dahinreißen, teils kann sie auch ein
andres Mal vielleicht nach längerer Zeit zwar weder ab-
lassen und ersterben, jedoch nicht, ohne dass nun zeitle-
bens, von dieser Periode her irgendeine Bitterkeit und
Schroffheit, oder eine Mattigkeit und Trübheit des Geistes, gleichsam als für immer entstellende Narbe nach
längst geheilter Wunde zurückbleibe. – Ganz ähnliche
Verschiedenheiten des Verlaufs ließen sich denn auch
von der Geschichte andrer Leidenschaften und geistig
krankhafter Zustände aufführen! – und gewiss! Wer im
Leben aufmerksam um sich blicken will, kann manches
gewahr werden, was er nach diesen Maßnahmen nun

besser sich zurechtzulegen und richtiger zu beurteilen imstande sein wird. –

Wenden wir uns aber jetzt nach dieser Abschweifung wieder zu Goethe, und man wird uns nun verstehen, warum wir bei ihm gerade auf die Klarheit und Gesundheit seiner späten Lebensjahre so viel Gewicht legen! – Wahrlich die großen poetischen Werke dieses Genius möchten schwer und selten in dieser Höhe und Schönheit erreicht werden, aber noch seltner und schwerer wird das schwerste aller Kunstwerke, das Kunstwerk des Lebens, zu dieser Reinheit und Vollendung hinauf gebildet! – Erst wer im hohen Alter, nach vielfältigster Lebenserfahrung, manchen Irrungen, leidenschaftlichen Stürmen und bald verfehlten, bald erfüllten Hoffnungen, mit reinem hellem Geiste, in Frieden mit der Welt und Gott, und mit liebevollem, großem, poetischem Sinne das Ganze seines Lebensganges so zu überschauen, ja in diesem Maße auf einen weiten Kreis noch fortzuwirken vermag, wie ich Goethe im schon sehr vorgerückten Alter selbst sah, wie ihn viele der hier mitgeteilten Briefe deutlich erkennen lassen, und wie Eckermann in den spätesten Jahren ihn beobachtete und darstellte, – dessen Psyche darf genannt werden als eine, deren volle Lebensaufgabe in diesem Dasein gelöst ist und deren gesunde Weiterbildung in einem fortgesetzten Dasein unmöglich fehlen kann. – Wir haben ja das Recht, Geburt und Tod in vieler Beziehung einander zu parallelisieren, und so dürfen wir auch überzeugt sein, dass, wie zum Fortleben und zu gesunder Entwicklung des Gebornen die regelmäßige gesunde Vollendung seiner Entwicklungsperiode im Schoße der Mutter die erste und unerlässlichste Bedingung ist, so unfehlbar auch bei einer Weiterentwicklung innerster Lebensidee jenseits dessen, was wir Tod nennen, die regelmäßige und schöne Vollendung des gegenwärtigen Lebensganges von der wesentlichsten Bedeutung und notwendigsten Einwirkung sein müsse. – Wir wollen jedoch hier noch gar nicht die Beziehung eines so hohen und schönen Alters auf Weiterentwicklung des Goetheschen Genius hervorheben, aber schon die Klarheit dieses Alters an und für sich, indem sie den Beweis abgibt, dass alles, was von krankhaften Zuständen der Seele irgend einmal eingewirkt hatte, in dem fortgehenden Umschwunge dieses Lebens seinen reinen Abschluss, seine vollkommne Beseitigung wahrhaft erlangt hatte, lässt dies so groß, so bedeutungsvoll erscheinen. Sind doch selbst diejenigen, welche durch die Macht und Übermacht des Goetheschen Genius, wie er in frühern Jahren und Werken sich dokumentiert, aufs Höchlichste belästigt worden, und diesen Genius anfeinden, soviel es eben in ihrem Vermögen steht, entwaffnet und verstummt, wenn man sie auf das Bild eines hochbejahrten Mannes verweist, in welchem mit dem gereiften Blicke vielseitigster Erfahrung und Erkenntnis die volle Lebendigkeit des Geistes, die mildeste Gesinnung und die liebevollste Klarheit des Gemütes sich verband. Und wie leicht treffen das Leben des Menschen Wunden, die, nie heilend, einen solchen geläuterten Zustand in höhern Jahren unmöglich machen, wie leicht ergreift gerade da ein gewisses Sichgehenlassen bei dem Menschen Platz, wie leicht erfassen ihn in unbewachten Augenblicken Krankheitszustände geistigen wie leiblichen Lebens, von welchen nie eine

58

vollkommne Genesung erreicht wird! – Es ist mir immer sehr tiefsinnig erschienen, dass an eine Sache, die so oft ein bloßes Spiel der Eitelkeit wird, ich meine an einen Orden, damals als ein solcher unter Goethes Mitberatung gegründet wurde, er eine so bedeutende Beziehung auf echte Lebenskunst zu knüpfen imstande war, und zwar dadurch, dass man ihm als ein Symbol der Wachsamkeit den Falken unterlegte. – Wach sein, scharf um sich schauen, den Gang des Lebens im Auge behalten – nur dem, welchem ein Gott diese Gabe verliehen hat, wird es möglich sein, durch Klippen und Brandungen zwischen Piraten und Sirenen bis zur Region ungetrübter Himmelsklarheit der höhern Jahre zu schiffen! – Wie oft hören wir in unsern Tagen, dass auf Dampfwagen, wenn sie in rasender Schnelligkeit Hunderte von Menschen dahintragen, schon das kleinste Versehen, die kleinste Unachtsamkeit unermessliches Unglück verbreiten könne, aber nicht solcher Gelegenheiten allein bedarf es – fast in jedem Augenblicke des Lebens umschweben uns unsichtbar verderbliche Dämonen; ein Fallenlassen eines Messers, ein unbedacht gesprochenes Wort, ein Fehlgriff zwischen zwei Gläsern und tausend Ähnliches kann zu jeder Zeit uns und andern die furchtbarsten Geschicke bereiten, nicht zu gedenken der Stürme und Verderben, welche falsch gehegte Neigungen und ungeschickt behandelte Lebensverhältnisse oft ganz unerwartet in noch höherm Maße herbeiführen. – Allerdings also gilt es ein stetes Wachsein, eine freilich wieder nur durch innere von Haus aus miterhaltene Energie bedingte stete Gegenwart des Geistes, wenn wir, soviel an uns ist, diese Dämonen im Zaum halten sollen; – und selbst hierbei muss wiederum der Begriff der Ängstlichkeit und der kleinlichen, steten Sorge um Erhaltung des Lebens schlechterdings ausgeschlossen bleiben, wenn irgend nicht wieder auf diesem Wege aller Wert und alle Schönheit und Freiheit des Lebens uns verloren gehen soll. Überblickt man nun dies alles, so erkennt man wohl, wie hoch es zu stellen ist, wenn nach solchen tausendfältigen Irrsalen und Gefahren der Mensch zu dem Ziele einer Lebensklarheit der höhern Jahre gelangt, wie wir sie in Goethe gewahr werden. – Die Verlockungen der Bequemlichkeit und Erschlaffung des Lebens und die seltsamen Stürme der Zeit hatten so wenig als die tiefeingreifenden leidenschaftlichen Bewegungen vermocht, ihm die Priesterbinde des höhern welt- und selbsterfahrenen Alters zu beflecken! – und er hatte recht, zu sagen:

»Die Flut der Leidenschaft, sie stürmt vergebens
Ans unbezwungne feste Land.
Sie wirft poet'sche Perlen an den Strand
Und das ist schon Gewinn des Lebens.«

Dieses also nicht zwar Ausschließen des Erkrankens, aber dieses immer wieder Gesunden, dieses sich immer wieder vollkommen Herstellen, dieses frisch und durchaus sich Erneuen betrachten wir als das besonders Auszeichnende und eigentümlich Glückliche in Goethes Existenz, und wie sehr hierin zugleich ein Schlüssel zum Verständnis so vieler seiner Werke gegeben ist, hat er vielfältig selbst auf das Bestimmteste angedeutet – sogar in den eben angeführten Zeilen aus dem merkwürdigen Buche, welches er einst den westöstlichen Diwan genannt hat, liegt dieses offenbare Geheimnis auf das Schönste aufgeschlossen. –Gehen wir auch hier noch etwas näher ein! –

Goethe hat selbst zu verschiedenen Malen seine poetischen Produktionen mit dem Namen von Konfessionen belegt, er hat sie im höhern Sinne Gelegenheitsgedichte genannt und dadurch angedeutet, wie genau ihre Entstehung in seinem eignen Lebensgange begründet war. Hiermit soll nun zwar nicht ausgesprochen sein, dass sie geradezu alle aus besonders leidenschaftlichen Zuständen hervorgegangen seien, dass sie alle gleichsam als Krisen eigentümlicher krankhafter Stimmungen sich entwickelt hätten; keineswegs! – Werke wie Götz von Berlichingen, Werke wie die Iphigenia, wie der Egmont, wie die Metamorphose der Pflanze, sie sind aus reiner, durch Lebensverhältnisse herbeigeführter Begeisterung für Verhältnisse des Menschheit- oder des Naturlebens entstanden und sind von krankhaften Stimmungen durchaus nicht influenziert. Betrachtet man dagegen den Werther, die Stella, den Faust, viele einzelne Gedichte, und selbst den in der Form so außerordentlich klar durchgearbeiteten Tasso, und man wird nicht verkennen können, dass leidenschaftlich befangene Stimmungen zum Grunde gelegen haben, und dass Goethe durch ihre Bearbeitung sich von gewissen krankhaften Stimmungen vollends befreien musste. – Das merkwürdigste Beispiel von allem ist wohl der Werther, und dies sowohl als die ungeheure Wirkung, die dieses seltsame Büchlein bald nach seiner Erscheinung hervorgebracht hat, veranlasst uns gerade, hierbei etwas länger zu verweilen. – Ich rufe demnach, um die Entwicklung des Ganzen recht anschaulich zu machen, zunächst folgende Stelle aus Goethes Dichtung und Wahrheit in das Gedächtnis meiner Leser zurück: –

*»Jener Ekel vor dem Leben (sagt hier Goethe) hat seine physischen und seine sittlichen Ursachen, jene wollen wir dem Arzt, diese dem Moralisten zu erforschen überlassen, und bei einer so oft durchgearbeiteten Materie nur den Hauptpunkt beachten, wo sich jene Erscheinung am deutlichsten ausspricht. Alles Behagen am Leben ist auf eine regelmäßige Wiederkehr der äußeren Dinge gegründet. Der Wechsel von Tag und Nacht, der Jahreszeiten, der Blüten und Früchte, und was uns sonst von Epoche zu Epoche entgegentritt, damit wir es genießen können und sollen, diese sind die eigentlichen Triebfedern des irdischen Lebens. Je offener wir für diese Genüsse sind, desto glücklicher fühlen wir uns; wälzt sich aber die Verschiedenheit dieser Erscheinungen vor uns auf und nieder, ohne dass wir daran teilnehmen, sind wir gegen so holde Anerbietungen unempfänglich: Dann tritt das größte Übel, die schwerste Krankheit ein, man betrachtet das Leben als eine ekelhafte Last. Von einem Engländer wird erzählt, er habe sich aufgehangen, um nicht mehr täglich sich aus- und anzuziehen. Ich kannte einen wackern Gärtner, den Aufseher einer großen Parkanlage, der einmal mit Verdruss ausrief: Soll ich denn immer diese Regenwolken von Abend gegen Morgen ziehen sehn! Man erzählt von einem unsrer trefflichsten Männer, er habe mit Verdruss das Frühjahr wieder aufgrünen sehen und gewünscht, es möchte zur Abwechslung einmal rot erscheinen. Dieses sind eigentlich die Symptome des Lebensüberdrusses, der nicht selten in den Selbstmord, ausläuft und bei denkenden, in sich gekehrten Menschen häufiger war, als man glauben kann.*

*Nichts aber veranlasst mehr diesen Überdruss als die Wiederkehr der Liebe. Die erste Liebe, sagt man mit Recht, sei die einzige: denn in der zweiten und durch die zweite geht schon der höchste Sinn der Liebe verloren. Der Begriff des Ewigen und Unendlichen, der sie eigentlich hebt und trägt, ist zerstört, sie erscheint vergänglich wie alles Wiederkehrende. Die Absonderung des Sinnlichen vom Sittlichen, die in der verflochtenen kultivierten Welt die liebenden und begehrenden Empfindungen spaltet, bringt auch hier eine Übertriebenheit hervor, die nichts Gutes stiften kann. – Ferner wird ein junger Mann, wo nicht grade an sich selbst, doch an andern bald gewahr, dass moralische Epochen ebenso gut wie Jahreszeiten wechseln. Die Gnade der Großen, die Gunst der Gewaltigen, die Förderung der Tätigen, die Neigung der Menge, die Liebe der Einzelnen, alles wandelt auf und nieder, ohne dass wir es festhalten können, so wenig als Sonne, Mond und Sterne; und doch sind die Dinge nicht bloß Naturereignisse: sie entgehen uns durch eigene oder fremde Schuld, durch Zufall oder Geschick, aber sie wechseln, und wir sind ihrer niemals sicher.*

*Was aber den fühlenden Jüngling am meisten ängstigt, ist die unaufhaltsame Wiederkehr unserer Fehler; denn wie spät lernen wir einsehen, dass wir, indem wir unsere Tugenden ausbilden, unsere Fehler zugleich mit anbauen. Jene ruhen auf diesen wie auf ihrer Wurzel, und diese verzweigen sich insgemein ebenso stark und so mannigfaltig als jene im offenbaren Lichte. Weil wir nun unsere Tugenden meist mit Willen und Bewusstsein ausüben, von unseren Fehlern aber unbewusst überrascht werden, so machen uns jene selten einige Freude, diese hingegen beständig Not und Qual. Hier liegt der schwerste Punkt der Selbst-*

erkenntnis, der sie beinahe unmöglich macht. Denke man sich nun hierzu ein siedend jugendliches Blut, eine durch einzelne Gegenstände leicht zu paralysierende Einbildungskraft, hierzu die schwankenden Bewegungen des Tages, und man wird ein ungeduldiges Streben, sich aus einer solchen Klemme zu befreien, nicht unnatürlich finden.

– – – –

– Wenn ich nun alle diese Mittel überlegte und mich sonst in der Geschichte weiter umsah, so fand ich unter allen denen, die sich selbst entleibt, keinen, der diese Tat mit solcher Großheit und Freiheit des Geistes verrichtet, als Kaiser Otho. Dieser zwar als Feldherr im Nachteil, aber doch keineswegs aufs Äußerste gebracht, entschließt sich zum Besten des Reiches, das ihm gewissermaßen schon angehörte, und zur Schonung so vieler Tausende die Welt zu verlassen. Er begeht mit seinen Freunden ein heiteres Nachtmahl, und man findet am andern Morgen, dass er sich einen scharfen Dolch mit eigener Hand ins Herz gestoßen. Diese einzige Tat schien mir nachahmungswürdig, und ich überzeugte mich, dass, wer hierin nicht handeln könne wie Otho, sich nicht erlauben dürfe, freiwillig aus der Welt zu gehen. Durch diese Überzeugung rettete ich mich nicht sowohl von dem Vorsatz als von der Grille des Selbstmordes, welche sich in jenen herrlichen Friedenszeiten bei einer müßigen Jugend eingeschlichen hatte. Unter einer ansehnlichen Waffensammlung besaß ich auch einen kostbaren, wohlgeschliffenen Dolch. Diesen legte ich mir jederzeit neben das Bett, und ehe ich das Licht auslöschte, versuchte ich, ob es mir wohl gelingen möchte, die scharfe Spitze ein paar Zoll tief in die Brust zu senken. Da dieses aber niemals gelingen wollte, so lachte ich mich zuletzt selbst aus, warf alle hypochondrischen Fratzen hinweg und beschloss,

*zu leben. Um dies aber mit Heiterkeit tun zu können,*
*musste ich eine dichterische Aufgabe zur Ausführung*
*bringen, wo alles, was ich über diesen wichtigen Punkt*
*empfunden, gedacht und gewähnt, zur Sprache kommen*
*sollte. Ich versammelte daher die Elemente, die sich schon*
*ein paar Jahre in mir herumtrieben, ich vergegenwärtigte*
*mir die Fälle, die mich am meisten gedrängt und geängs-*
*tigt; aber es wollte sich nichts gestalten: Es fehlte mir eine*
*Begebenheit, eine Fabel, in welcher sie sich verkörpern*
*könnten.*

*Auf einmal erfahre ich die Nachricht von Jerusalems Tode*
*und unmittelbar nach dem allgemeinen Gerüchte sogleich*
*die genaueste und umständlichste Beschreibung des Vor-*
*gangs, und in diesem Augenblick war der Plan zu*
*Werthern gefunden, das Ganze schoss von allen Seiten zu-*
*sammen und ward eine solide Masse, wie das Wasser im*
*Gefäß, das eben auf dem Punkte des Gefrierens steht, durch*
*die geringste Erschütterung sogleich in ein festes Eis ver-*
*wandelt wird.«* –

Gewiss, diese Betrachtung enthält einen tieferen Blick
in menschliches Seelenleben, als in so mancher volumi-
nösen Psychologie gefunden wird! – und wenn irgend-
wo, so kann man in solchen Stellen erkennen, dass wahres Philosophieren über das Leben recht eigentlich das
Besitztum eines Geistes war, welcher nichtsdestoweniger das, was gemeinhin Philosophie genannt wird, mit
solcher Entschiedenheit ablehnte. – Das letzte Gleichnis
ist vielleicht die schlagendste Darstellung der Art und
Weise, wie eine poetische Produktion zustande kam,
welche wir im Bereiche unserer Literatur von einem bedeutenden Autor besitzen, und darf dem an die Seite ge-

stellt werden, was Mozart in jenem herrlichen, von mir in den Vorlesungen über Psychologie zum Teil mitgeteilten Briefe über die Entstehung seiner Kompositionen ausspricht. – Was der Dolch gewiss allein nicht vermocht hätte, nämlich jene unklare Befangenheit in Lebensüberdruss und Melancholie ganz aus seinem Innern zu vertreiben, das erreichte die Abfassung des Werther auf ganz organische Weise und als Krisis einer durchgelebten Krankheit. Freilich geht hieraus noch eine andere Bemerkung hervor, welche nicht sowohl Goethe als das Publikum betrifft. Es erklärt sich nämlich zum großen Teil nun die eigentümliche Wirkung, welche der Werther hervorbrachte, und zwar nicht sowohl durch die Vollendung seiner Form hervorbrachte, sondern stoffartig erzeugte, indem er eine Menge junger Leute in ähnliche Stimmungen dahinriss, als die war, von welcher sich Goethe durch seine eigentümliche Produktivität befreit hatte. Ja, man sprach von Selbstmorden, welche aus dieser Ursache sich begeben haben sollten, und man machte dem Dichter ob seines gottlosen Buches nachdrückliche Vorwürfe, über welche er freilich auf seinem Wolkenwege ganz ungestört und immer vordrängend dahinschritt. – Gewiss, wer so wenig die innere organische Notwendigkeit einer wahren Dichterseele versteht, um an dergleichen zu denken, der kann auch einem Fieberkranken es verargen, wenn er genesend Krankheitsstoffe aushaucht, welche in andern Disponierten dieselbe Krankheit erzeugen können. Er bedenkt nicht, dass der Vorwurf nur denen zu machen ist, die die nötige Vorsicht vernachlässigen und sich Einwirkungen auszusetzen wagen, denen sie eben auf keinen Fall gewachsen sind. Ist es doch eine eigene Sache um alles Menschenleben, ein geheimer Kampf und Krieg zieht sich doch durch alle Verhältnisse hindurch, überall, selbst unter den scheinbar friedlichsten Zuständen, ergeben sich Gefahren mannigfaltiger Art, und nur mit vieler Wachsamkeit und mit guten Anlagen ausgerüstet und unter glücklichen Konstellationen gelingt es wohl dem Menschen, auch einen längeren Weg mit Ruhm und mit bewahrter leiblicher und geistiger Gesundheit zurückzulegen; daher, wer großer Sicherheit und Festigkeit sich nicht bewusst ist, möge um sich schauen, geistig und leiblich sich wahren und vermeiden, was seinem schwächeren Fahrzeuge Gefahr droht – denn allerdings wird ihm oft Not und Krankheit da erwachsen, wo der Kräftige und Höherorganisierte die freudigsten Blüten des Lebens bricht.

So aber ging unser Dichter eine eigentümlich große Lebensbahn dahin; auf merkwürdige Weise warf diese urgeistige Natur die Krankheitsstoffe, die das Leben herbeiführte, wieder heraus, mit unausgesetzter Tatkraft dämpfte er den Krieg, den ihm wie jedem Tüchtigen die kleinen Dämonen dieser sublunarischen Welt vielfältig und immer von Neuem erregten, und mit nie ruhendem Bestreben arbeitete es in ihm, den Bau des eigenen Innern immer bedeutender, schöner und mächtiger fortzubilden. Dies nun alles zusammengenommen, wird es gegenwärtig verstehen lassen, was ich damit gemeint hatte, wenn ich oben als Festes und Wesentlichstes in Goethes Individualität die Gesundheit seiner Natur ausgesprochen habe.

Goethe war indes nicht bloß ein »gesunder«, sondern er war auch ein eigentümlich »schön und mächtig Organisierter« – »Sein hoher Gang, seine edle Gestalt, seines Mundes Lächeln, seiner Augen Gewalt und seiner Rede Zauberfluss« sind ihm wohl im Leben von vielen ebenso viel beneidet worden als seine großen Werke! – Witz, scharfer Humor, Weltverstand und tausenderlei Geschicklichkeiten können sich gewiss oftmals in einer kleinen, dürftigen, ja verbildeten Organisation darleben, aber eine so mächtige Gesinnung, eine solche Energie des Seelenlebens, eine solche welthistorische Produktivität wie die Goethes sind geradezu unmöglich in einer dürftigen, ja nur gewöhnlichen körperlichen Erscheinung, sie fordern, ja, eigentlich zu sagen, sie erschaffen eine bedeutende und schöne körperliche Bildung. – Es ist für die Wissenschaft vom Menschen zu beklagen, dass Organisationen so seltener Art, die man Normalbildungen nennen könnte, nicht leicht der genauen Ermittlung und Ausmessung zugänglich sind, welche gefordert werden müsste, wenn man von dergleichen Erscheinungen sollte sagen können, sie wären vollständig gekannt! – Ich bemerke dies insbesondere in Beziehung auf die genauere Kenntnis vom Kopfbaue Goethes. Wir besitzen nur eine Abformung seiner Antlitzform, die er einst selbst im Leben besorgen ließ und die bei Weitem nicht mit der Vollständigkeit gemacht ist, welche man zur genaueren Erkenntnis der Kopfform bedarf, aber es steht zu hoffen, dass, wenn man sich allgemeiner überzeugt hat von der Bedeutsamkeit der Schädelbildung, man einst durch Öffnung seines Sarges und Abformung dieses edlen Hauptes nachholen wird, was früher ver-

säumt war. Erst dann aber, wenn die Gestalt des Schädelgewölbes eines Goethe ebenso klar der Beurteilung
vorgelegt werden kann als das eines Schiller, [3] wird
sich in die Art und Weise der Vollkommenheit seiner
Organisation näher auf wissenschaftliche Weise eingehen lassen. Für jetzt sei nur soviel bemerkt: – Wir können nach jenem Abgusse einzig vom Vorderhaupte Goethes urteilen; wer sich aber die Mühe geben will, in meinen Grundzügen einer wissenschaftlichen Kranioskopie
von der physiologischen Bedeutung des Vorderhaupt-
wirbels am Schädel sich zu unterrichten, dem wird klar
sein, dass gerade in dieser Gegend, welche als das Symbol der Intelligenz des Individuums betrachtet werden
darf, das Charakteristische eines Mannes von solcher
Bedeutung besonders hervortreten muss. In Wahrheit
sind denn auch die Maße dieser Gegend, namentlich das
Maß der Höhe dieses Wirbels, ganz ungewöhnlich. –
Unter einer Sammlung von etwa hundert meist eigentümlichen und merkwürdigen Kopfformen, die ich vor
mir habe, finde ich nur bei Napoleon eine Stirnhöhe,
welche der von Goethe sich vergleicht. – Denn wenn die
Entfernung der größten Wölbung der Stirnbeine von der
äußern Ohröffnung, mit dem Tasterzirkel genommen,
bei wohl und intelligent entwickelten Menschen insgemein etwa fünf Pariser Zoll beträgt, so steigt diese Entfernung bei den freilich wegen unvollkommener Abformung nicht ganz genau zu messenden Kopfbildun-
gen von Napoleon und Goethe auf fünf Zoll und sechs,
ja vielleicht acht Linien! – Dabei ist es charakteristisch,

---

[3] S. von dessen Schädelabguss die genaue Abbildung in meinem Atlas
der Kranioskopie. 1. Heft. Leipzig 1843

dass bei beiden Köpfen nicht in ebenso bedeutendem Maße die Breite des Vorderhauptes ausgebildet erscheint. Vielfältige Vergleichungen scheinen es nämlich zu beweisen, dass ein gewisses Verhältnis besteht zwischen bestimmten Richtungen intelligenten Lebens und bestimmten Richtungen in der Entwicklung des Hirngebildes und Schädelgewölbes, dass Anschwellung in der Höhe das somatische Moment ist, welches im Psychischen der Energie gegenständlicher Erfassung des spirituellen Organismus ebenso parallel geht als antithetische, analytische Gegensetzung in der Breite dieses Gebildes korrespondiert der zergliedernden analytischen Richtung intelligenten Seelenlebens, welche wir insbesondere mit dem Namen der analytischen oder philosophischen Tendenz bezeichnen. Bei Napoleon sowohl als bei Goethe ist die Breite des Vorderhauptes wie gesagt weniger beträchtlich und beträgt nur ungefähr viereinhalb Zoll Pariser Maß, und es stimmt vollkommen damit überein, dass beiden alles, was im Sinne der Schule mit dem Namen Philosophie und philosophische Tendenz bezeichnet wird, fremdartig, ja gewissermaßen entgegengesetzt und feindlich war. – Merkwürdig ist in dieser Beziehung der Unterschied in der Kopfbildung Schillers gegen Goethe. Im ersteren ist die Breite der Stirn auffallend, und man darf nur neben die Maske von Goethe die Totenmaske von Schiller stellen, um sofort ein völlig umgekehrtes Verhältnis von Stirnbreite und Stirnwölbung in beiden gewahr zu werden. Es braucht kaum der Bemerkung, wie sehr dies mit den geistigen Tendenzen beider Männer übereinstimmt, indem Schillers poetisch-philosophische Richtung im Gegensatz zu Goethes naturalistisch-poetischer bekannt genug genannt werden darf.

Wie bedeutend die übrige Organisation Goethes gewesen sei, geht aus seinen Bildern, Büsten, Statuen hervor und ergibt sich noch mehr aus den oben angeführten Worten seines alten ärztlichen Freundes Hufeland.

Auch über die geistige Eigentümlichkeit Goethes will ich hier nicht in vielfältige Betrachtungen mich verbreiten. Es gibt wohl entschieden in der ganzen Geschichte der Menschheit keinen einzigen Charakter, kein inneres eigentümliches Seelenleben, welches so vollkommen klar, ich möchte sagen: durchsichtig für Welt und Mitwelt hingestellt wäre als Goethes. – Seine gesamten poetischen wie seine wissenschaftlichen Werke, seine vielfältigen Briefe, seine eigne Sorgfalt, durch eine fast pedantische Sammlung aller auf seinen Lebensgang irgend Beziehung habenden Papiere und Dokumente, nichts zu verlieren, was wohl auch noch so entfernt zur Vervollständigung eines Bildes seiner Existenz dienen könne, endlich die Aufzeichnung so vieler seiner kleinen Züge und Äußerungen durch seine Freunde, stellen die Psyche dieses merkwürdigen Mannes mit einer Deutlichkeit heraus, wie wir es vergebens bei so viel andern bedeutenden Organen des Menschheitslebens suchen. – Ich will daher, da das Positive seines Wesens allen, die es überhaupt erfassen wollen, mit solcher Klarheit vorliegt, hier nur noch einige Worte über das Negative desselben anfügen, und ich verstehe darunter insbesondere das, worin er sich verneinend und ablehnend gegen die Welt verhielt, ablehnend, damit der ihm selbst eigentümliche Kern umso ungestörter sich entfalten konnte. – Es ist dies eine Seite, die an ihm vielfach angefeindet worden ist, die in ihm selbst vielleicht zuweilen mit einem gewissen Übermaße hervortrat und die nichtsdestoweniger als auf einer tiefen inneren Notwendigkeit beruhend anzuerkennen ist. In den organischen Verhältnissen der Menschheit ist es gegründet, dass eine mächtige und bedeutende Natur die Kleineren und Schwächeren herbeilockt und anzieht; diese drängen sich dann zu, umgeben das Gewaltige und wollen an ihm haften, aber möchten nun auch, dass es ihnen sich hingebe, ihrem Zuge erwidere, ja zuletzt seiner Macht sich begebe, damit die beliebte Gleichheit nur ganz und völlig hergestellt würde. – Daraus entspinnt sich dann viel des Verdrießlichen! – der eine ist belästigt, der andere gekränkt und beleidigt – der findet sich gestört und jener beklagt sich, dass seinem offenen, zutraulichen Entgegenkommen so schlecht erwidert wird, und so hat denn auch Goethe in dieser Art vielfältige Leiden gehabt, von welchen zum Teil das Buch des Unmuts im Diwan sattsames Zeugnis gibt. – Dabei ist es aber auch sehr charakteristisch, dass dieser Unmut Goethes immer nur gegen den Begriff und nie gegen ein bestimmtes Individuum gerichtet erscheint, so etwa Diwan, Ausgabe 119, S. 102:

>*»Dümmer ist nichts zu ertragen*
>*Als wenn Dumme sagen den Weisen,*
>*Dass sie sich in großen Tagen*
>*Sollten bescheidentlich erweisen«*

oder S. 103:

>*»Verschon uns Gott mit deinem Grimme*
>*Zaunkönige gewinnen Stimme.«*

Es schwebt daher über allen dergleichen Ausbrüchen ein Hauch von höherer Weisheit, welche bei alledem, dass sie von dem Widerwärtigen belästigt wird, eine innere Überzeugung bewahrt von der Notwendigkeit in dergleichen Gegensätzen. Diese Erkenntnis ist in folgenden Worten auf eine wahrhaft schöne Weise niedergelegt: ebendaselbst S. 102:

>*Was klagst du über Feinde?*
*Sollten solche je werden Freunde,*
*Denen das Wesen, wie du bist,*
*Im Stillen ein ewiger Vorwurf ist.*«

Kurz, es leiten uns diese Betrachtungen zu der nicht unwichtigen Erkenntnis: dass, je größer und mächtiger ein geistiges Lehen ist, umso mehr seine Bestrebungen wie seine Abneigungen ein Allgemeineres zum Gegenstande haben werden, während, je kleiner und schwächer die Psyche, sie auch immer mehr an Einzelheiten haften wird. – Wo wir daher im Kleinlichen den Unmut gegen das Widerstrebende in persönlichen Groll und in Hass und Zank gegen einzelne sich Luft machen sehen, da fasst eine größere Natur in ihren unmutigen Stimmungen die Allgemeinheit des ihm Zuwiderseienden zusammen und richtet Unwillen, ja vielleicht Zorn nur gegen den Begriff. – Belege hierzu treten uns überall, wo wir uns umsehen, entgegen, vom wahrhaft großen Feldherrn, der all sein Genie aufbietet, die Macht des Feindes zu vernichten – aber wo er irgend kann, des einzelnen gefangenen oder verwundeten Feindes schont, bis zu jenem Erhabenen, welcher mit heiligem Eifer dem Bösen in der Menschheit entgegentrat und nichtsdestoweniger mit unendlicher Milde sich des einzelnen Sündhaften erbarmte. Bei Goethe ist diese Neigung, das seiner Natur Zuwiderlaufende soviel als möglich unbedingt abzulehnen, auch die Erklärung davon, dass er in Polemik sich nie eingelassen hat. – Man verstehe uns hier nicht falsch! Wir sind nämlich keineswegs der Meinung, es sei eben durchaus und allein das Rechte, allen Widerspruch und alle Diskussionen des Entgegengesetzten zu vermeiden, in wissenschaftlichen Dingen ist eine klare, ruhig durchgeführte Polemik bekanntlich nur zu oft das Mittel, der Erkenntnis des Wahren näher zu rücken, und so hätte es Goethe selbst gewiss, zumal in seiner Farbentheorie, vor mancher Einseitigkeit und manchem Irrtum der Auffassung und Erklärung der Phänomene bewahrt, wenn er auf Entgegnungen und Widerspruch hie und da wirklich eingegangen wäre; allein in ihm war das Bedürfnis des Ausbaues seiner eigensten Individualität zu mächtig, und wiederum war diese Individualität selbst so bedeutend und außerordentlich, dass ganz mit Recht er alles ablehnen durfte, was ihrer Entwicklung insbesondere minder angemessen erschien. Und eigen ist's allerdings mit allem, was uns von außen hereinkommt und nicht aus uns selbst unter den rechten Konstellationen hervorwächst – eigentlich ist es doch immer ein Fremdartiges, ein uns nur Angetanes, und ebendeshalb uns immer irgendwie Beeinträchtigendes. – Es ist mir schon oft sehr merkwürdig gewesen, was man von Fra Beato Angelico da Fiesole erzählt – nämlich dass er, wenn seine Seele von einem Bilde erfüllt und er unter Gebet an dessen Ausführung gegangen war, es ihm nicht möglich wurde, auf irgend andere, wenn auch sichtlich verbessernde Ratschläge für sein Werk einzugehen; – nur so, wie es ihm innerlich erschienen war, musste er es, unbekümmert um etwaige Verzeichnungen, zur Ausführung bringen, und – wer bedeutende Sachen von ihm gesehen hat – wird eingestehen, dass Fiesole nicht mehr Fiesole bliebe, wenn seine Gestalten auf den schulgemäßen Typus zurückgeführt und von allen Fehlern gegen Zeichnung und Perspektive befreit worden wären. Gerade dieser Fiesole aber mit seinem stillen, gottinnigen Sinne ist doch eben das in seinen Werken uns allein Liebe und Verehrungswürdige! – Ähnlich ist es dann auch mit Goethe! – seine Arbeiten lieben wir hauptsächlich, weil wir zuletzt durch sie hindurch immer wieder bald mehr, bald weniger deutlich seine Individualität, seine eigentümlich große und gesunde Natur, und diese immer in jedem Werke wieder von einer neuen und eigentümlichen Seite gewahr werden. Eben darum nun, weil es bei ihm wesentlich auf die Ausbildung seines ganz eigensten Seins ankam und er darum befähigt und berechtigt war, das ihm nicht Gemäße abzulehnen, selbst auf die Gefahr hin, dass hie und da hierdurch seine Schöpfungen an Korrektheit etwas verlieren möchten, fühle ich mich hier an jenes bekannte Wort erinnert:

– – »Gemeine Naturen
Zahlen mit dem, was sie tun,
Edle mit dem, was sie sind.«

Es gibt Arbeiten, bei welchen es uns gar nicht einfällt, nach der Individualität dessen zu fragen, dem wir sie verdanken, die Sache ist uns hier alles! – Ein Wörter-

buch, eine sorgfältige deskriptive Arbeit über Menschen-
oder Naturwerke und dergleichen lassen uns über die
innere Individualität des Verfassers ganz unbekümmert,
dahingegen in einer höheren philosophischen Betrachtung, in einem größeren poetischen Werke, in einer tieferen historischen Forschung wir notwendig durch die
Individualität des Geistes, von welchem diese Werke
ausgehen, in unserem Interesse wesentlich bestimmt
werden; es sind, könnte man sagen, durchlauchtige, das
heißt durchleuchtende Werke, der Geist, aus dem sie
fließen, leuchtet durch sie hindurch wie der Schein fest-
licher Kerzen durch die Fenster eines Palastes, und nicht
sowohl um des Dargestellten willen, sondern darum,
dass uns daran die Individualität des Urhebers, seine eigentümlich großartige Gesinnung, sein weitschauender
heller Geist, seine poetische, schöpferische Kraft durch
und durch fühlbar werde, ja dass sie gleichsam magne-
tisch uns dann ebenfalls durchdringe, fördere und innerlich selbst entwickle, das ist es, worauf es hier ankommt,
und darum werden diese Werke immer umso mächtiger
wirken, je mächtiger der Genius ist, aus dem sie hervorgegangen sind. Goethes Werke gehören hierher im vollen Sinne des Wortes, und eben darum, und weil er das
selbst gar wohl fühlte, war ihm fast unbewussterweise
und ganz unbesorgt darum, ob man ihm das für den
ärgsten Egoismus anrechne, überall hauptsächlich darum zu tun, dass er sich, sein Wesen, sein Ich immer
vollkommener und klarer in diesen Werken darlebe und
in ihnen sich spiegle. Fremdartiges daher nicht anzunehmen, Widerspruch entschieden abzulehnen, Erwiderung auf Entgegengesetztes zu vermeiden, musste somit

ein unausweichbares Bedürfnis für ihn bleiben, eben um in dieser Entwicklung auf keine Weise gestört zu werden. – Wer ihm sonach dergleichen verdenken will und wer diesen Zug aus seinem Leben wegwünscht, ist weit entfernt, in das Verständnis seiner Natur wirklich näher eingedrungen zu sein. – Er hielt sich und musste aus innerer Notwendigkeit sich halten an seine eignen Worte:

> »Lass dich nur zu keiner Zeit
> Zum Widerspruch verleiten,
> Weise fallen in Unwissenheit,
> Wenn sie mit Unwissenden streiten.«

Überhaupt kann in der Beziehung einer reinen, zum großen Teil unbewussten Lebensphilosophie jeder von Goethe Vielfältiges lernen! – Wie viele Menschen gewahren wir nicht, die das Kunstwerk ihres Lebens verderben oder unvollkommen ausführen, weil sie nicht zu unterscheiden vermögen, was das ihnen wahrhaft Gemäße sei und was nicht! – Bald aus einer irrigen Meinung für sich selbst irgendeinen Vorteil zu erreichen, bald in der falsch verstandenen Absicht, dadurch, dass sie ihrem eigensten Wesen untreu werden, andern einen besonderen Nutzen zu gewähren, verlassen sie das, was Goethe einmal sehr hübsch die Fortifikationslinien unseres besonderen Daseins nennt, und stören dadurch ihre eigene Weiterbildung ebenso sehr, als sie es sich unmöglich machen, in Zukunft auch andern das zu sein, was sie ihnen hätten sein können, wäre ihre eigene Entwicklung zu ihrem naturgemäßen Ziele gelangt. Es hat mir in Assisi die alte naive Darstellung des Giotto immer viel zu denken gegeben, wo man die reine Seele in einer Art von Burg wohnen sieht, nur mit umschwebenden Engeln Gemeinschaft pflegend, während die verdorbene Seele aus ihrem Schlosse durch Dämonen verlockt in den Höllenabgrund sich verliert. Man kann dabei an gar vieles und insbesondere an die innere Selbstläuterung der Seele erinnert werden, aber auch die Burg, welche die schönere Seele umfängt, ist nicht ohne tiefe Bedeutung! Sie stellt eben die symbolische Bedeutung dar von dem, was Goethe die Fortifikationslinien unseres Daseins nennt, und es ist damit teils die Selbstbeschränkung, teils aber auch die entschiedene Abhaltung des uns nicht Gemäßen, des unser Wesen Beeinträchtigenden bestimmt genug bezeichnet. – Will man Goethes Leben im Einzelnen verfolgen, so werden wir eine Menge Züge finden, welche Belege zu diesen Betrachtungen geben. Schon das oben erwähnte Festhalten an dem kleinen weimarischen Kreise, in welchem er allerdings seiner Fortifikationslinien vollkommen Herr blieb, früher schon das Abbrechen verschiedener Verhältnisse, von welchen er voraus empfand, dass sie ihn allmählich nötigen würden, aus der ihm eigentümlichen Richtung herauszugehen, endlich selbst seine entschiedene monarchische Gesinnung, dieweil nur mit dieser und mit entschiedener Ablehnung alles revolutionären Wesens die Durchführung seines eigentümlichen Lebensganges möglich blieb, werden uns, wenn wir sie in diesem Lichte betrachten, vollkommen deutlich.

Einer besonderen Bemerkung bedarf es indes, dass bei allem diesem, was in unbedeutenderen Geistern zuletzt zum widerwärtigsten Pedantismus und zur völligen Hemmung alles Entwicklungsganges führen muss, in ihm gerade hierdurch eine fortgehende innere Ausbildung gesetzt wurde. – Wenn man die Geschichte seines höheren Alters durchgeht, wenn man sieht, wie keine bedeutende Erscheinung im Gebiete der Künste und der Wissenschaften sich hervortat, welche er nicht mit Aufmerksamkeit beachtete, mit Umsicht zu vergleichen und mit seinen Bemerkungen in Briefen oder Tages- und Jahresheften zu begleiten pflegte, so kann man wohl erkennen, dass das, was er die Fortifikationslinien des Daseins genannt hat, keineswegs eine chinesische Mauer war, welche, wie in jenem philisterhaften Lande, alles abhalten sollte, was den inneren Entwicklungsgang anregen und fördern konnte, sondern nur bestimmt war, die ungemäßen Einwirkungen zu verhindern, aber innerhalb des eigenen Kreises die eigentümlichste Fortbildung zu unterstützen. – Ein schönes Wort in dieser Beziehung ist daher die Stelle aus einem der oben mitgeteilten Briefe, mit welcher wir diesen Abschnitt beschließen wollen; sie heißt: – »*Das Alter kann kein größeres Glück empfinden, als dass es sich in die Jugend hineingewachsen fühlt und mit ihr nun fortwächst. Die Jahre meines Lebens, die ich, der Naturwissenschaft ergeben, einsam zubringen musste, weil ich mit dem Augenblicke in Widerwärtigkeit stand, kommen mir nun höchlich zugute, da ich mich jetzt mit der Gegenwart in Einstimmung fühle auf einer Altersstufe, wo man sonst nur die vergangene Zeit zu loben pflegt.*«

### III. Goethes Verhältnis zur Natur und Naturwissenschaft

Obwohl wir alle in Gottes großer Natur existieren und nur in und durch sie unser Dasein haben, so stellt sich doch das Leben der Menschen so vielfach und wunderlich dar, dass wir gar wohl zwischen Menschen der Natur angehörig, und zwischen Menschen eines künstlichen Daseins – Stubenmenschen – wie man wohl zu sagen pflegt – unterscheiden dürfen. – Wir finden Individuen, deren Existenz dergestalt an freie Luft, an Wald und Gebirge, an Land und Meer geknüpft ist, dass sie ein gesundes Dasein nur unter der Bedingung fortzusetzen vermögen, dass sie immer und immer wieder aus den engen Räumen des täglichen Lebens hinaus müssen, und dass nur unter freiem Himmel sie wieder die Kraft einsaugen, das Kunstwerk ihres eigenen Daseins mit Schönheit und Liebe fortzubilden. Andere hinwiederum gibt es, denen ein solches Bedürfnis gar nicht einzuwohnen scheint. Mit lauter artifiziellen Gebilden umgeben, möglichst abgeschlossen gegen die, namentlich in strengeren Klimaten allerdings den Menschen nicht immer auf das Sanfteste erfassende Natur, ganz sich versenkend in Erscheinungen und Produkte derjenigen menschlichen Bestrebungen, welche zum Zweck haben, sich eine eigentümliche, eine künstliche Welt zu erschaffen, bleiben sie oder werden sie den Erscheinungen des tellurischen Organismus fremd und fremder und können endlich dahin kommen, Feld und Wald und Gebirge und Tal nur noch vom Hörensagen oder aus Büchern und Bildern zu kennen. – Eine solche Verschiedenheit, ja ein solcher Gegensatz ist aber keineswegs etwas rein Zufälliges oder Willkürliches, sondern er wird teils bedingt durch die Natur des Menschen, teils aber auch durch die äußere Umgebung. Die Hinsicht auf das letztere erklärt es, warum man diesen Gegensatz eigentlich selbst in den verschiedenen Stämmen gesamter Menschheit gar wohl durchführen könnte. Der Unterschied zwischen dem Bewohner tropischer Gegenden und dem der kalten Zonen ist schon im Wesentlichen der des Naturmenschen und des Stubenmenschen, und es wäre eine ganz interessante Aufgabe, einmal recht im Einzelnen nachzuweisen, wie die gesamte künstliche Existenz des Nordländers, seine Bücherwelt, seine Komforts, seine Gelehrsamkeit und seine Kränklichkeit, seine Entdeckungen und sein Philistertum wesentlich darauf ruhen, dass ein im ganzen widerwärtiges Klima ihn mehr und mehr von der freien Natur absondert, während der hellere, mehr nach außen gewendete Geist des Südländers, seine Sorglosigkeit und seine Unwissenheit, seine eigentümliche Lebendigkeit und seine Trägheit hauptsächlich dadurch bedingt wird, dass die Milde und Schönheit der freien Natur ihn immerfort sich selbst entreißt und in eine mehr heitere, freiere Existenz zerstreut. – Indes auch abgesehen von dem Äußeren liegt ein anderer wichtiger Grund davon, ob ein Mensch mehr in der einen oder in der anderen Richtung sich entwickeln soll, in der Besonderheit seiner eigenen körperlichen Anlagen. – Ob wir gesünder und fester, oder ob wir kränklicher und verletzlicher sind, wird es allemal wesentlich mit bestimmen, ob wir mehr der freien Natur uns hinzugeben geneigt und geschickt sein, oder ob wir auf eine künstliche Existenz im Inneren unsrer Wohnungen uns beschränken sollen. – In letzterer Beziehung fand nun Goethe allerdings durch die Frischheit der inneren Gesundheit seines Wesens sich vollkommen befähigt und berechtigt, bis in seine hohen Jahre einen steten Verkehr mit freier

Natur zu unterhalten, und wie bedeutend dieses Moment auch für seine eigene Entwicklung sowie für den Charakter seiner Werke genannt werden darf, kann niemand entgehen, der nur irgend genauere Betrachtung anwenden will. Goethe war auch in dieser Beziehung ein Naturmensch, und wenn man die lebhafte Sehnsucht verfolgt, welche ihn nach Italien, nach einem schöneren, freies Naturleben im höheren Grade begünstigenden Klima drängte, so mag auch dies zu jener Eigentümlichkeit seines Daseins einen neuen und charakteristischen Zug beifügen. Aber wir wollen damit nicht sagen, dass ihn bloß die Anmut der Natur ins Freie habe locken können; wer keinen Sinn hat, die Natur auch in ihren finsteren, harten und gewaltigen Formen zu lieben, der liebt sie überhaupt noch nicht recht. – Wie wer einmal liebt, auch das Geliebte ganz und gar umfasst, und die von dessen Wesen nun einmal unzertrennlichen Fehler und Schwächen auch mit Liebe trägt und festhält, so liebt auch die Natur nicht recht, wer ihr nur im Festkleide, in Sonnenschein und Frühlingslust nachgeht, wer ihre Macht und Schönheit nicht auch im Herbststurm und Winterwetter, in Nacht und Dämmerung aufzusuchen und zu lieben imstande ist. – Goethe vermochte beides. Wenn man liest, wie er im Winter allein das Harzgebirge durchstrich; wie eigentümlich ihn diese große Natur in ihrem herben Gewande aufregte, und welch schönes poetisches Resultat sein Geist aus diesen Eindrücken zu ziehen vermochte, so mag man erkennen, dass nicht bloß das Anmutige und Weichgefällige, sondern auch das Gewaltige, Finstere und Raue im freien Naturleben ihn mit Macht an sich zog. – Könnte auch sonst dieses tiefe, wunderbare Naturgefühl seine Dichtungen, seine Schilderungen durchdringen! – Doch seine Liebe zur Natur beruhigte sich nicht bei der innigen und nachhaltigen Erfassung ihrer äußeren Erscheinungen, sie wollte das Wesen der Erscheinung durchdringen, sie sehnte sich nach Ergründung ihres geheimsten Lebens, sie strebte, mit einem Worte es zu sagen, nach der Erfassung der Idee ihres Daseins! –Von hier aus ist nun der Grund seiner naturwissenschaftlichen Bestrebungen erkennbar! – Nicht eine ursprüngliche analytische Tendenz seines Geistes, nicht ein Bestreben, sich selbst durch möglichst feine Zergliederungen des Naturlebens hervorzutun und Ruhm zu schaffen, noch weniger irgend das Bedürfnis, in die Untersuchung der Natur für Zwecke des praktischen Lebens einzugehen, brachten ihn der Naturwissenschaft näher, sondern, wie Plato sagt, dass die Philosophie überhaupt mit der Bewunderung beginnen müsse, so war es bewundernde Liebe und tieferes Vereinleben mit der Natur, welches ihn nötigte, auch einer wissenschaftlichen Naturbetrachtung sich angelegentlich zu widmen und hinzugeben.

Wenn wir aber jetzt versuchen wollen, die Eigentümlichkeit der Goetheschen Naturwissenschaft uns deutlich zu machen, so wird es zuvor nötig, zu bemerken, dass auf diesem Felde gar verschiedenartige Wege gezogen sind, den Forschenden dem Schleier der Isis näher zu führen. Die wesentlichste Verschiedenheit zeigt sich, je nachdem der Weg geht vom Besonderen zum Allgemeinen oder vom Allgemeinen zum Besonderen. Der erste Weg ist der betretenste, der auch dem schwachen Talent geöffnete; – eine rein spezielle Untersuchungsmethode mit großer Sorglichkeit und Treue durchgeführt, gewährt immer ein Resultat für die Wissenschaft, sammelt Materialien zum Gesamtbau derselben, bringt es aber schwerlich jemals zum frischen, gesunden Überblick der Natur und des Lebens; – und hinwiederum eine sich ganz im Allgemeinen haltende Forschung wandelt am Abgrunde der Fantasie und wird leicht veranlasst, ein bloß Subjektives für ein Objektives zu halten. Wenn jedoch die letztere in ihrem höheren Sinne nur denjenigen offensteht, in welchen die Idee vorwaltet, so wird sie auch alsdann, wenn sie von einem höheren Standpunkte niederwärts mit Umsicht und Schärfe zur Betrachtung des Einzelnen sich wendet, deshalb die schönsten Resultate gewähren, weil das helle geistige Auge, von der Idee der Welt belebt und durchdrungen, nun auch dieses einzelne richtiger, ja am richtigsten versteht und deutet, denn sie erfasst es nicht mehr einseitig, sondern aus seinem Urgrunde hervor, und folglich vielseitig, ja allseitig. – So sieht das Auge eines Raffael die Erscheinungen des Lebens in einem anderen und reineren Lichte als das des Unbefähigten, und nur zwar, weil in Raffael selbst die Idee des Schönen der Welt auf andere und höhere Weise lebte, als in gewöhnlichen Naturen. Für Goethe, der zu etwas anderem berufen, nie auf den Ruhm eines speziellen Forschers im Reiche der Natur Anspruch machen sollte, den aber die innige Liebe zur Natur durchdrang und festhielt, konnte nur der zweite Weg der angemessene sein, wenn er die Erscheinungen der Natur im Einzelnen zu deutlicherer Erkenntnis sich zu bringen bestrebt war. – Bedeutungsvoll ist es für ihn und seine naturwissenschaftliche Richtung, in früher

Zeit die Andacht zu erkennen, die bewundernde Liebe zur Natur, worin seine Forscherlust zuerst sich betätigte. Ich kann mich nicht entbrechen, die hierher gehörige Stelle aus Wahrheit und Dichtung selbst einzuschalten. – Er schreibt: –

*»Der Knabe hatte sich überhaupt an den ersten Glaubens-artikel gehalten. Der Gott, der mit der Natur in unmittel-barer Verbindung stehe, sie, als sein Werk anerkenne und liebe, dieser schien ihm der eigentliche Gott; der ja wohl auch mit dem Menschen wie mit allem Übrigen in ein ge-naueres Verhältnis treten könne und für denselben, ebenso wie für die Bewegung der Sterne, für Tages- und Jahreszei-ten, für Pflanzen und Tiere Sorge tragen werde. Einige Stellen des Evangeliums besagten dies ausdrücklich. Eine Gestalt konnte der Knabe diesem Wesen nicht verleihen; er suchte ihn also in seinen Werken auf und wollte ihm auf gut alttestamentliche Weise einen Altar errichten. Natur-produkte sollten die Welt im Gleichnis darstellen, über die-sen sollte eine Flamme brennen und das zu seinem Schöp-fer sich auf sehnende Gemüt des Menschen bedeuten. Nun wurden aus der vorhandenen und zufällig vermehrten Na-turaliensammlung die besten Stufen und Exemplare her-ausgesucht; allein, wie solche zu schichten und aufzubauen sein möchten, dies war nun die Schwierigkeit. Der Vater hatte ein schönes, rotlackiertes, goldgeblümtes Musikpult in Gestalt einer vierseitigen Pyramide mit verschiedenen Abstufungen, die man zu Quartetten sehr bequem fand, obgleich sie in der letzten Zeit nur wenig gebraucht wurde. Deren bemächtigte sich der Knabe und baute nun stufen-weise die Abgeordneten der Natur übereinander, sodass es recht heiter und zugleich bedeutend genug aussah. Nun sollte bei einem frühen Sonnenaufgang die erste Gottesver-*

*ehrung angestellt werden; nur war der junge Priester nicht mit sich einig, auf welche Weise er eine Flamme hervorbringen sollte, die doch auch zu gleicher Zeit einen guten Geruch von sich geben müsse. Endlich gelang ihm ein Einfall, beides zu verbinden, indem er Räucherkerzchen besaß, welche, wo nicht flammend, doch glimmend den angenehmsten Geruch verbreiteten. Ja, dieses gelinde Verbrennen und Verdampfen schien noch mehr das, was im Gemüte vorgeht, auszudrücken als eine offene Flamme. Die Sonne war schon längst aufgegangen, aber Nachbarhäuser verdeckten den Osten. Endlich erschien sie über den Dächern; sogleich ward ein Brennglas zur Hand genommen und die in einer schönen Porzellanschale auf dem Gipfel stehenden Räucherkerzen angezündet. Alles gelang nach Wunsch, und die Andacht war vollkommen. Der Altar blieb als eine besondere Zierde des Zimmers, das man ihm im neuen Hause eingeräumt hatte, stehen. Jedermann sah darin nur eine wohlaufgeputzte Naturaliensammlung; der Knabe hingegen wusste besser, was er verschwieg.«*

Mir hat diese Stelle immer sehr merkwürdig geschienen, denn wie in der Physiognomie des Kindes schon auf geheimnisvolle Weise die Züge des Mannes vorgebildet sein können, so spiegelt sich hier in diesen Träumen des Knaben viel von der eigentümlichen naturwissenschaftlichen Tendenz, welche Goethe im gereiften Alter immerdar eigen blieb. Es ist schwer, diese Tendenz mit einem einzigen, gemeinsamen Namen zu bezeichnen, versucht wären wir indes, sie geradezu die poetisch-pantheistische zu nennen, pantheistisch jedoch in dem schönen Sinne gebraucht, dass es nicht sowohl bezeichnet »alles als Gottheit«, sondern vielmehr »alles als in Gott seiend« zu denken. – Goethe betrachtet daher das Schauen der Natur als ein Erhabenes, als ein Menschheitfortbildendes, als ein Priesteramt, und indem, eben weil nicht in das Spezielle der Wissenschaft vollkommen eingeweiht, er von künstlichen Experimenten und Vorrichtungen sich größtenteils fernhielt, sondern immerfort nach dem Erfassen von dem strebte, was er das Ur-Phänomen nannte, so erhielt seine Art der Naturforschung etwas vom Sinne des Altertums und lag schon eben dadurch einer poetischen Anschauung der Natur näher. – »*Mikroskope und Teleskope verrücken beide den eigentlich menschlichen Standpunkt*« – ist ein Wort, auf welches er mehrfach zurückkommt und wodurch seine Sinnesweise in dieser Beziehung sehr entschieden bezeichnet wird.

Übrigens darf man sagen, dass diese Richtung seines Geistes im Naturwissenschaftlichen auch in der Wahl der Gegenstände sich mit kundgab, denen sein Eifer sich widmete. Das Urwesentliche der Pflanze – die Grundgestaltung des Skeleton – das Licht – die Erscheinungen der Atmosphäre – dies waren würdige Vorwürfe, an welchen seine Kräfte sich versuchten. Wir wollen es gewiss dankbar anerkennen, wenn ein Naturforscher uns die tausenderlei Arten von Schlupfwespen unterscheiden und kennen lehrt, wenn ein anderer die Pilze und Schimmelfaden sondert und ein Dritter die Auswurfsstoffe der Tierwelt mit größter Genauigkeit chemisch zu bestimmen sucht, aber man wird keine detaillierten Beweise fordern, dass es für Goethe unmöglich war, sich in Forschungen dieser Art einzulassen. – Übrigens ist ihm dann auch gerade hieraus mancherlei Unangenehmes erwachsen, denn es fehlte nicht, dass von den Geistern, deren Reich gerade die peinlichste Kleinforschung war, ihm jene Richtung, als eine Art von Hochmut ausgelegt wurde, als eine absichtliche Verwerfung ihrer Bestrebungen, und dass er darüber vielfältig angefeindet wurde; wobei ihm denn abermals jene Gesinnung sehr gut zustattenkam, welche auf Missgunst und Widerspruch solcher Art gar nicht einzugehen pflegte und welche höchstens zu einer kleinen poetischen Verwünschung veranlasste, wie das Bekannte:

>> *Es bellt der Spitz aus unserm Stall*
*Und will uns stets begleiten*
*Und seiner lauten Stimme Schall*
*Beweist nur, dass wir reiten.* <<

Wir müssen dagegen noch auf eine andere Frage näher eingehen: nämlich, oh Goethes naturwissenschaftliche Bestrebungen wirklich einen Einfluss auf den Gesamtbau der Wissenschaft gewonnen, ob sie ein Resultat gelassen haben in der Geschichte der Naturwissenschaft. – Es ist hier zuvörderst eine allgemeine Bemerkung vorauszuschicken! – Beobachten wir nämlich, wie der Baum der menschlichen Erkenntnis durch die vielfältigen Geschlechter der Menschen hindurch fortwächst, so dürfen wir zwischen den mannigfaltigen Früchten desselben wohl drei verschiedene Formen unterscheiden. Die erste mag diejenige genannt werden, welcher bei Weitem die Mehrzahl angehört, welche höchst vergänglicher Natur ist, kaum eine Bedeutung für den Augenblick hat und nicht vor- und nicht rückwirkt; die zweite können wir diejenige nennen, welche zwar in ihrer Zeit wahrhaft das Wachstum des Wissens fördert, welche darum immer in der Geschichte der Wissenschaft in Ehren gehalten werden wird, welche aber im Laufe der Zeit sich allmählich und notwendig von anderen Formen verdrängt findet und in der Folgezeit kein Material mehr dem Bau der Wissenschaft darbietet. Die dritte Form endlich ist diejenige, welche nicht nur für ihre Zeit das Reich des Wissens erweitert und befestigt, nicht mehr bloß mittelbar noch Anteil hat an seinem ferneren Ausbaue, sondern durch welche Entdeckungen, luminöse Gedanken, Ideen ausgesprochen und eingeführt werden, welche für alle Zeit und für die gesamte Menschheit ihre volle Geltung behalten. Diese Form ist natürlich so wie die höchste so die seltenste. Ihr gehören an die großen Gedanken und Entdeckungen eines Euklides und Archimedes über Mathesis, ihnen die Erkenntnisse eines Kepler über Gesetze der Weltkörperbewegung, ihr die Anschauungen eines Plato, die Naturphilosophie eines Baco, das erste richtige Schauen der Blutbewegung von Harvey, die Erkenntnisse über Kontakt-Elektrizität von Galvani und über magnetische Elektrizität und Erdmagnetismus von Oerstedt und ähnliche mehr. In die zweite Form gehört so vieles, was zu seiner Zeit mächtig in das Getriebe der Wissenschaft eingriff, aber in seiner Form nicht mehr zu brauchen ist, dahin so viele frühere naturgeschichtliche Systeme, dahin die ersten unvollkommenen Versuche, eine vergleichende Anatomie zu geben, dahin Werners Geologie, Galls Organenlehre, dahin die früheren Systeme der Chemie usw. – Von der dritten Form bedarf es keiner Beispiele, denn täglich entstehen und vergehen Ephemeren dieser Art, wie im poetischen und politischen, so auch im Felde der

Naturwissenschaften. – Messen wir nun nach diesem ernsten Maßstabe das, was Goethe im Felde der Naturwissenschaft getan hat, so finden wir zwar manches, was vergänglicher Natur, obwohl immer von einer bedeutenden und großen Gesinnung in der Darstellung durchdrungen, allein wir finden auch Ideen angeregt und in schöner Anwendung durchgeführt, welche für alle Zeit nachhaltig fortwirken, und, weil sie wahrhaft der höchsten jener oben aufgestellten drei Kategorien angehören, auch in dieser Beziehung seinen Namen unsterblich machen müssen. – Als vergänglicher Natur können wir unter Goethes naturwissenschaftlichen Arbeiten am meisten bezeichnen, was über Bildungsgeschichte der Erdoberfläche in seinen Heften zerstreut ist. Merkwürdigerweise und gleichsam zum Beleg, dass niemand wahrhaft universal sein kann, berührten die großen Wahrnehmungen in der Geologie, über plutonische Erhebungen, Vulkanismus und Verwerfung der Erdschichten, wie wir sie Leopold v. Buch, Elie de Beaumont und anderen verdanken – Goethe nie auf eine ansprechende Weise. Ein gewisses Prinzip der Stabilität und Widerwillen gegen alle revolutionäre Zerwürfnis verleidete ihm entschieden diese neueren Ideen und machte, dass er sie höchstens im Munde des Mephistopheles im zweiten Teile des Faust statuierte. – Er, der in so viel anderen Dingen weit seiner Zeit vorausgriff und in der Gegenwart das Künftige ahnte, blieb hier hinter der Gegenwart zurück – etwas, das ihm außerdem vielleicht nur in manchen Richtungen der bildenden Kunst begegnet ist.

Unter dem hingegen, was in seinen naturwissenschaftlichen Bestrebungen unvergänglicher Natur ist, stellen wir mit Recht oben an seine »Metamorphose der Pflanzen«. – Der Gedanke, die Pflanzenwelt in ihrer unendlichen Mannigfaltigkeit als entstehend zu erfassen durch rastlose Metamorphosen der Elementarglieder jener einen Idee der Pflanze überhaupt, welche unter dem Namen der Urpflanze ihn lange Zeit wachend und träumend beschäftigt und verfolgt hatte, ist von höchster lebendigster Einwirkung auf das gesamte Gebiet der Botanik gewesen. Diese ganze Anschauung war aber – und das ist hier besonders hervorzuheben – der Zeit, in welcher Goethe zuerst sie aussprach, noch so fremd, dass dieses sein kleines Buch über Pflanzenmetamorphose die wunderlichsten Schicksale erfuhr: Kein Buchhändler wollte es drucken, kein Zeitgenosse es anfänglich für mehr als Fantasie gelten lassen, und einzelne wirklich Wohlwollende hielten es höchstens für eine hübsche Anweisung, wie man etwa Arabesken aufzeichnen könnte. – Nur nach und nach, und indem diese Bestrebungen mit anderen, überall erwachenden genetischen Arbeiten zusammentrafen, gewann diese Vorstellungsweise sich Grund und Boden, und gegenwärtig wird kein noch so sehr in Spezialitäten versenkter, aber sonst nur wahrhaft wissenschaftlicher Botaniker gefunden werden, welcher es nicht anerkannte, dass Goethe zuerst die folgenreiche, späterhin einzig eine natürliche Systematik begründende Idee der Metamorphose der Pflanzen ausgesprochen habe. – Weniger eindringend waren seine Arbeiten über das Skeleton, mindestens das, was als eigne Darstellung bekannt geworden ist, können wir nicht mit der Metamorphose der Pflanzen an wissenschaftlicher Bedeutung gleichstellen. Nichtsdestoweniger ist das Bestreben, die Gestaltung des Knochensystems im höhern genetischen Sinne aufzufassen, überall durchleuchtend und machte, dass zu einer Zeit, wo zum Beispiel viele Anatomen noch das Zwischenkieferbein im menschlichen Haupte nicht anerkennen wollten, ihm doch die Notwendigkeit dieser Annahme vollkommen einleuchtete. – Noch merkwürdiger aber war es, dass eine der folgenreichsten Anschauungen auch in Beziehung auf Gestaltungslehre des Skeleton, zuerst im Goetheschen Geiste sich erschloss, und dies ist die Anschauung vom Wirbelbau des Hauptes, dessen Schädelgebilde ihm vielleicht unter allen Sterblichen zuerst als entschiedene Fortsetzung der Gebilde der Rückenwirbelsäule erschienen sind. Bekannt gemacht wurde dies zwar später, und Oken hat das große Verdienst, im Jahre 1807 zuerst die Theorie vom Wirbelbau des Schädels öffentlich wissenschaftlich begründet zu haben; nichtsdestoweniger scheint es ohne Zweifel, dass Goethe diesen luminösen Gedanken eine gute Reihe Jahre früher erfasst habe, und ganz entschieden liegt auch hierin ein Beweis, wie mächtig und naturgemäß sein Genius auch in diesem Sinne immerdar mit den Erscheinungen zu gebaren wusste.

Am ausführlichsten und nachhaltigsten hatten sich seine naturwissenschaftlichen Untersuchungen dem Lichte zugewandt. Über Licht- und Farbenerzeugung haben wir allein ein größeres selbstständiges Werk von ihm, und dessen ungeachtet wird vielleicht gerade von diesen Bestrebungen das wenigste als ein festes aus der Zeitflut sich herausraffendes Eigentum der Wissenschaft betrachtet werden dürfen. Nur von den Urerscheinungen der Farben in der Atmosphäre, inwiefern sie als durchscheinende zwischen Licht und Finsternis sich bilden, haben wir durch Goethe eine schöne, naturgetreue und durchaus originelle Darstellung erhalten. Es ist dagegen schon früher beiläufig erwähnt worden, dass diese seine Farbenlehre wohl schon deshalb nicht unbedingt Platz greifen konnte, weil die beiden anderen nicht minder ursprünglichen Farbenentstehungen, die durch Lichtbrechung und die durch Lichtspiegelung in den Pigmenten, über der zu lebendigen Auffassung der Entstehungsart im Durchscheinen ganz unbeachtet geblieben waren, und weil ihr ebendeshalb die vollkommene innere und allgemeine Wahrheit doch abging. – Bei alledem ist auch in diesem Werke eine gewisse innere griechische Einfachheit der Form und der Darstellung lebhaft zu bewundern. Ich kann nicht unterlassen, um das, was ich hier meine, sogleich zu deutlicher Vorstellung zu bringen, folgende Stelle aus der Einleitung zur Farbenlehre mitzuteilen: –

*»Eigentlich unternehmen wir umsonst, das Wesen eines Dinges auszudrücken. Wirkungen werden wir gewahr, und eine vollständige Geschichte dieser Wirkungen umfasste wohl allenfalls das Wesen jenes Dinges. Vergebens bemühen wir uns, den Charakter eines Menschen zu schildern; man stelle dagegen seine Handlungen, seine Taten zusammen, und ein Bild des Charakters wird uns entgegentreten.*

*Die Farben sind Taten des Lichts, Taten und Leiden. In diesem Sinne können wir von denselben Aufschlüsse über das Licht erwarten. Farben und Licht stehen zwar unterei-*

*nander in dem genauesten Verhältnis, aber wir müssen uns beide als der ganzen Natur angehörig denken; denn sie ist es ganz, die sich dadurch dem Sinne des Auges besonders offenbaren will.*

*Ebenso entdeckt sich die ganze Natur einem anderen Sinne. Man schließe das Auge, man öffne, man schärfe das Ohr, und vom leisesten Hauch bis zum wildesten Geräusch, vom einfachsten Klang bis zur höchsten Zusammenstimmung, von dem heftigsten leidenschaftlichen Schrei bis zum sanftesten Worte der Vernunft ist es nur die Natur, die spricht, ihr Dasein, ihre Kraft, ihr Leben und ihre Verhältnisse offenbart, sodass ein Blinder, dem das unendlich Sichtbare versagt ist, im Hörbaren ein unendlich Lebendiges fassen kann.«*

Eine solche Vollendung und Schönheit der Darstellung ist übrigens keineswegs der Farbenlehre allein eigen; die morphologischen Hefte, die Aufsätze über Wolkenformen, deren Beobachtung und Schilderung nach Art Howards ihm ebenfalls eine bleibende Teilnahme abgewann, und über geologische Wahrnehmungen zeigen fast überall eine Schönheit des Stils und Klarheit der Auffassung, welche umso mehr sie musterhaft erscheinen lassen, je mehr im Allgemeinen der deutschen wissenschaftlichen Literatur noch jene Ausbildung der Form fehlt, welche wir selbst in streng wissenschaftlichen Werken französischer Gelehrten größtenteils anerkennen und oft bewundern müssen, ja welche umso wichtiger ist, da sie nicht nur das Verständnis erleichtert, sondern den Verfasser selbst nötigt, den Gedanken zu höherer Klarheit in sich durchzubilden, ehe er ihn niederschreibt.

Betrachten wir nun dieses alles, so können wir nicht leugnen, dass Goethe wirklich auf eine bedeutende und nachhaltige Weise auf die Naturwissenschaften gewirkt hat, und es bleibt uns nur noch übrig, auch umgekehrt in Untersuchung zu nehmen, wie die Naturwissenschaften auf Goethe gewirkt haben. – Es sind nämlich die verschiedenartigsten Stimmen laut geworden, Stimmen Wohlwollender und Stimmen Übelwollender, welche behaupteten, es sei eine große Verirrung und sei nachdrücklich zu beklagen, dass Goethe, der hochbegabte und wohlberufene Dichter, sich habe beigehen lassen, auf das Feld der Naturwissenschaften auszuschweifen und Zeit zu verlieren mit allerhand Licht- und Farbenversuchen, mit Tierskeletten und Pflanzenbildungen; denn nicht genug, dass wir ohne diese Abwege in halbes Dutzend Dramen und ein paar Hundert Gedichte mehr von ihm haben könnten, so wäre dies Wesen überhaupt dem Gange seines Geistes nachteilig gewesen und habe Anteil an der spätem Tendenz seiner Muse gehabt, welcher man auf dem deutschen Parnass nun einmal keinen rechten Platz anzuweisen imstande sei!

Gehen wir nun zuvörderst gar nicht auf Gründe und Gegengründe dieser Art ein, aber fragen wir nur: Wo ist denn eben eine Individualität, die sich vermessen dürfte, einem Geiste wie Goethe gegenüber zu diktieren: dies hätte er sollen so oder so machen, dies taugte ihm, dies taugte ihm nicht usw. – Ein erwachsener verständiger Mann mag wohl einem Kinde gegenüber sagen und wohlmeinend sich vernehmen lassen, dass das Kind zur Förderung seines Wohls und zur Wahrung seiner Gesundheit dies oder jenes lassen und dies und jenes tun müsse, allein wenn eine Individualität von der innern Befähigung und Berechtigung eines Goethe sich durch beinahe ein Jahrhundert hindurch in einer gewissen bestimmten großartigen Richtung rein entwickelt, und wenn diese Entwicklung nach allen Seiten hin die folgewichtigsten Resultate ausstreut, so scheint es mir, gelind ausgedrückt, eine große Voreiligkeit, einem solchen Geiste zuzurufen und zuzupredigen: »Hier bist du auf dem rechten, dort bist du auf dem falschen Wege, dies dient dir zur Förderung; dies zum Nachteile deines Talents« usw.! – Wenn irgendjemand, so war wohl Goethe mit seiner kerngesunden Natur und mit der Klarheit seines ganzen Wesens der Mann, der da wusste, was ihm diente und was nicht, und schon von dieser Seite gesehen, muss es doch wohl den Anschein gewinnen, als sei für Goethe das Studium der Naturwissenschaften ein wahrhaftes Bedürfnis und eben dadurch auch eine Förderung seines Lebens wie seines Dichtens gewesen. – Hat es mir doch überall so herrlich an Goethe geschienen, dass er nie und nirgends es so etwa besonders darauf angelegt hat, ein großer Dichter zu werden! – dass im Gegenteil: er (wie es in einem seiner früheren Briefe heißt) *»weder rechts noch links fragt, was von dem gehalten werde, was er machte, weil er arbeitend immer gleich eine Stufe höher steigt, weil er nach keinem Ideal springen, sondern seine Gefühle sich zu Fähigkeiten, kämpfend und spielend, entwickeln lassen will.«* – So dichtete er umso gesünder und größer und mächtiger, je bedeutender und frischer und lebendiger er sein eignes Wesen entfaltete, und dass er dies nur entfalten konnte im Vereinleben der Natur, und dass hinwiederum ein solcher Geist sich nicht bloß auf ein gefühlvolles Anschauen der Natur beschränken konnte, sondern dass es ihn treiben musste, auch tiefer in das Wesen der Erscheinung einzudringen, wem das nicht aus seinen Werken überall entgegenleuchtet, dem werden wir es hier schwerlich zu demonstrieren imstande sein! –

Will man daher wirklich fragen: »Ja, was wäre aber wohl aus dem Dichter Goethe geworden, wenn er den Hang zu den Naturwissenschaften bekämpft und ganz und gar der Dichtkunst sich hingegeben hätte?« so gehört das etwa zu der Frage: »was aus Raffael geworden wäre, wenn er ohne Arme geboren worden sei?« und zu ähnlichen. – Nein! Es gibt eine gewisse höhere organische Nötigung, durch welche die Entwicklung einer bedeutenden Individualität bestimmt wird, und nur willkürliche Eingriffe und Störungen dieses organischen Ganzen werden dem Individuum zum Nachteil ausschlagen, während das ruhige, wohlverstandene Fortgehen im Gleise des echten Naturgemäßen, wie dem Individuum, so auch seinen Wirkungen auf die Welt nur zum wahren Heile gereichen kann. Übrigens, was sollte denn auch in den Naturwissenschaften liegen, was echter Poesie hinderlich sei? – Wenn der Forscher wirklich, wie er soll, als Priester der Natur sich verhält, wenn bei jedem Schritte, den er vorwärts tut, ihm neue Schönheit, höhere Weisheit, größere Mannigfaltigkeit entgegenleuchtet, wie soll dies nicht sein Vorstellungsleben bereichern, seine Fantasie erwärmen, seine Begeisterung steigern? – Das eine freilich ist gewiss, dass ein Dichter, dessen Geist erfüllt ist von Erkenntnissen, wie sie nur wissenschaftliche Bestrebungen uns verleihen, und der nun mit diesen Erkenntnissen auch gebart, der sie bald als Gleichnisse verwendet, bald die innere Göttlichkeit der Erscheinung selbst zum Vorwurf des Gedichts werden lässt, voraussetzen muss, dass auch seine Leser einigermaßen unterrichtet seien, dass ihnen die Beziehungen, welche er in seine Dichtung verwebt, nicht ganz fremd blieben und dass der Kreis ihrer Anschauung der Welt von dem des Dichters nicht allzu weit abstehe. – Verse wie jene:

> »Durchsichtig scheint die Luft und rein
> Und trägt im Busen Stahl und Stein;
> Entzündet werden sie sich begegnen,
> Da wird's Metall und Steine regnen«

verlangen, um in ihrer Beziehung nicht nur auf atmosphärische Vorgänge und dann auch gleichnisweise auf menschliches Leben verstanden zu werden, einen deutlichen Begriff von der Geschichte der Meteore; und jene:

> »Wenn zu der Regenwand
> Phöbus sich gattet,
> Gleich steht ein Bogen da
> Farbig beschattet« usw.

oder:

> »Zart Gemüt und Regenbogen
> Wird nur auf dunkeln Grund gezogen.
> Darum behagt dem Dichtergenie
> Das Element der Melancholie«

werden erst dem recht bedeutungsvoll erscheinen, wem nicht fremd ist, auf welche Weise die wunderbare, tausendfache Farbenbrechung des Sonnenlichts im Wassertropfen zum Irisbogen sich gestaltet. Freilich wird dadurch der Kreis des Verständnisses etwas enger gezogen, und eben darum haben viele der späteren Gedichte von Goethe nicht die allgemeine Verständlichkeit seiner frühern; indes, wer darf das leichte Verständnis zum Merkzeichen des geringern oder höhern poetischen Wertes machen! – Dantes Paradies könnte dann leicht eine tiefere Stelle als Matthissons Gedichte bekommen. – In diesen Dingen ist alles zu sehr relativ, um eine bestimmte Norm im Voraus festzusetzen: Was dem einen schwer verständlich ist, wird von einem andern ganz leicht erfasst werden, wo dieser Dunkelheit sieht, erfreut sich jener des Lichts, und es ist am Ende doch gerade diese Befähigung; in dem, was andern dunkel scheint, das Licht zu erkennen, welche den Alten schon die tiefere Bedeutsamkeit in den Vogel Minervens legen hieß. – Es ist freilich erschrecklich und vernichtet alles poetische Leben, wenn verwünschterweise in sogenannten didaktischen Gedichten Gelehrsamkeit zur Schau gelegt wird und der gebildete Mensch von dem Dichter mit neuer Bildung absichtlich überzogen werden soll. Die deutsche Literatur wie die französische und englische kennt dergleichen poetischen Misswachs – aber wer hat dergleichen je bei Goethe gefunden! – Er lebte sich in die Natur ein, er suchte sie mit allen seinen Organen zu durchdringen, sie geistig sich zu assimilieren, und was nun so ihn durchdrungen hatte, was ein Teil seines geistigen Organismus geworden war, das spiegelte sich in den mannigfaltigsten Gestalten auch in seinen poetischen Gebilden wider. Wohl dem, der auch in diesen Spiegelbildern bekannte, befreundete Gestalten erkannte und wem Natur auch im Schleier der Poesie ihren ewigen Jugendreiz nicht wirklich verborgen hielt, – denn allerdings mögen wir auch hier in Bezug auf Natur anwenden, was Goethe im »Diwan« vom Orient aus hören lässt:

*»Wer den Dichter will verstehen,*
*Muss ins Land der Dichtung gehen!«*

## IV. Goethes Verhältnis zu Menschen und zur Menschheit

Ein reiches und bewegtes Leben bringt den Menschen in tausendfältige Berührungen mit seinen Zeitgenossen, und je bedeutender seine Natur ist, desto bedeutender werden die Begegnungen des Menschen mit Menschen sein. Es ist natürlich nicht daran zu denken, hier ins Einzelne einzugehen und über dergleichen Verhältnisse in Goethes Leben sich insbesondere zu verbreiten, aber was ich wünschte zur hellen Einsicht zu bringen, ist, nur anschaulich zu machen, wie auch hier die Entwicklung einer so bedeutenden Individualität nur unter Einwirkung vielfältiger anderer bedeutender Persönlichkeiten als möglich gedacht werden konnte. Regt es uns nämlich an sich schon zu merkwürdigen Betrachtungen auf, dass Entfaltung eines wahrhaft menschlichen Daseins nur unter der Bedingung des Vereinlebens des einen mit mehreren möglich ist, und dass der Mensch, der allein und sich selbst überlassen erwächst, nur ein tierisches, kein menschliches Dasein erreicht, so muss es zwiefach interessant sein, einem so bedeutenden Lebensgange nachzudenken und zu beachten, mit welchen Individualitäten er in Berührung kommen musste, um gerade diese Höhe zu erreichen. – Bei Goethe mehr als bei vielen andern möchte es interessant sein, zu unterscheiden, welches Verhältnis in seinem Lebensgange sich zu Männern und welches sich zu Frauen entwickelt hat, und auf welche Weise jedes dieser Verhältnisse gerade auf sein Wesen gewirkt habe. – Was zuerst anbetrifft sein Verhältnis zu Männern, so hat es mir immer von unberechenbarem Einflusse geschienen, dass ihm zeitig und selbst wiederholt das Glück zuteilwurde, einen – man erlaube mir die Bezeichnung – wohlgesinnten Widersacher – einen feindlichen Freund oder freundlichen Feind anzutreffen, welcher, indem er einerseits wahres Interesse an ihm nehmen musste, andererseits, mit Witz und Schärfe ihm aufregend, erfrischend, erweckend entgegentrat.

Mehr, als man glauben sollte, bedarf auch der Höherbegabte des Widerspruchs und der widerstrebenden Wirkung, wenn er mit Energie vorwärts dringen soll, und in Goethes Leben ist darum früherhin der Mephistopheles Merck und der wunderliche Behrisch und späterhin der oft ironisch bitter ihm entgegentretende Herder von der höchsten Bedeutung. – Es ist nicht zu sagen, wie viel dem Menschen entgeht, wenn eine frische, scharfe Gegenwirkung ihm fehlt. Kaum eine Einrichtung des alten römischen öffentlichen Lebens hat mir daher so tiefsinnig und bedeutungsvoll geschienen, als dass den Triumphatoren, wenn sie im höchsten Ruhmesglanz zu den Toren der Weltstadt einzogen und indem ihnen die größten Ehren zuteilwurden, zugleich Spottlieder entgegengesungen werden durften, und dass sie den Witzworten der Soldaten sich vollkommen preisgegeben fanden. Ebenso war es ein gesundes, natürliches Gefühl, welches den Fürsten des Mittelalters die Schalksnarren beigesellte, damit die Geißel der Satire und des Spottes auch dem gekrönten Haupte nicht fehle und damit eine kernige Individualität unter solcher Einwirkung zu voller Reife gelangen könne. Gewiss, es fehlt eine wesentlich fördernde Einwirkung, wenn dem Menschen auf keine Weise dergleichen Spitzen und Neckflammen in den Weg geworfen werden, und es kann der Entwicklung fürstlicher Personen unserer Zeit keineswegs zum Vorteil gereichen, dass alles, was nach solchen scheinbaren Hemmnissen schmeckt, ihnen überall sorgfältig aus dem Wege geräumt wird. – Kopf und Herz erstarken unter Gegenwirkungen dieser Art, wie leibliche Bildung und Gesundheit sich stählen muss, wenn der Mensch nicht allein hinter dem warmen Ofen und unter weichen Bedeckungen schonend gehalten, sondern wenn er zeitig in Kampf gegen oft unfreundlich andringende Elemente geführt und geübt wird, und gewiss weniger oft würde man über Fürsten sich beklagen hören, könnte ihrem Leben dieses wohltuende Element sarkastisch anregender Widersacher auf geeignete und genügende Weise zugeteilt werden. – Man sage nicht, es fehle den Fürsten in unserer Zeit die Opposition keineswegs, da überall das Prinzip der Demokratie ihnen entschieden entgegenzutreten sucht; das alles ist keineswegs, was wir oben gemeint haben. – Eine vollkommen feindliche Gegenwirkung kann zwar zuweilen auch erstarken, öfter aber nur erbittern oder lähmen; dahingegen die sarkastische Geißlung unserer wirklichen Schwächen von einem uns doch im Grunde Wohlgesinnten, nie ohne kräftigende, ermunternde, anregende Wirkung bleibt und gegen das Unglück der Selbstgefälligkeit am besten bewahrt. – Wie gesagt, Goethe vermisste glücklicherweise nicht in seinem Leben eine Einwirkung dieser Art; und was ihm für den Augenblick zuweilen widerwärtige, ja schmerzhafte Empfindungen hervorgebracht haben mag, erkannte er späterhin selbst ganz entschieden als fördernd und heilsam für Entfaltung seines geistigen Lebens.

Wir wollen und können hier nicht in das einzelne der Schilderung dieser verschiednen feindlich-freundlichen Einwirkungen eingehen, denn diese Blätter sollen nur denen bestimmt sein, denen Goethe schon aus seinen Werken bekannt ist; und in seinen Werken, namentlich in seinem Leben und in seinen Tages- und Jahresheften, findet sich alles, was hierhin gehört, aufs Deutlichste vor; aber ich empfehle allen denen, welchen es wahrhaft darum zu tun ist, Goethes Wesen sich deutlich zu machen, dass sie einmal seine Werke besonders in dieser Beziehung durchgehen wollen. – Ein eigentümliches, merkwürdiges psychologisches Schauspiel werden sie sich damit bereiten. – Man gewahrt nämlich, zumal in dem noch jungen Goethe, eine gewisse Weichheit, eine bei den lebendigsten Flügelschlägen des Genius oft mancherlei Unvollkommenheiten und Schwächen darbietende Eigentümlichkeit. Dieses mitunter molluskenartig schwankende, unreife Wesen, aus dem doch wiederum hie und da die hellsten Strahlen des Genius aufleuchten (so etwa geben gerade die weichsten fast formlosen Geschöpfe des Meeres das hellste Meeresleuchten), hat den Tadlern Goethes immer das breiteste Feld gegeben, welche den jungen Mann nur als wohl durchgebildeten Gymnasiasten und als fleißigen, zum ernsten Geschäfts- und Ehemann sich vorbereitenden Studiosus ihres Beifalls würdig gefunden hätten. Dergleichen Leute bedenken nicht, dass der Kristall, der zu schnell erhärtet, sich nicht weiter fortbilden kann, und dass eben eine gewisse jugendliche Formlosigkeit, Unstetigkeit und Weichheit allein es möglich macht, dass eine lange fortgehende Entwicklung die höhere Vollendung des Ganzen endlich herbeiführt. – Aber bleibend durfte freilich sich jenes Weichliche und Unreife nicht erhalten, fortgedrängt musste der Geist werden von Stufe zu Stufe, immer weiter hinan gegen seine höhere und höchste Entfaltung, und dazu bedurfte es zwar tausend günstiger wohlwollender Einwirkungen, aber auch mancher scharfen und reizenden Berührungen; so etwa hat man in neuerer Zeit gefunden, dass ein junger Baum, wenn er rasch und kräftig emporwachsen soll, zwar der Wohltat geeigneten Bodens und Klimas wie günstiger Pflege und Witterung bedarf, dass er aber fast um das Sechsfache seiner Entwicklung gefördert werden kann, wenn ihm statt reinen Wassers ein Wasser zugeführt wird, dem die Schärfe des Chlors in rechtem Maße beigemischt worden war.

Bei alledem darf man nicht verkennen, dass auch auf spätere Zeiten in Goethes Leben hinaus dieser Kampf einer innern Weichheit gegen äußere antagonistische Einwirkungen sich behauptet hat; für das Verständnis jenes ablehnenden, förmlichen, ministeriellen Wesens, welches gerade dem Dichter so oft verargt worden ist und welches nicht nur als Notwehr gegen unbedeutende

Überlästige gebraucht wurde, sondern oft auch ganz tüchtige, aber etwas heterogene Naturen (man denke an Bürger) widerwärtig berührte, mag diese Betrachtung sehr wichtig genannt werden. – Oft drehte sich sogar hier das Verhältnis um; Goethe, im Gefühl der inneren Weichheit, verbarg sich unter der härtern Schale der Förmlichkeit und drückte und reizte dadurch die, welche an ihn sich anzuschließen bereit waren. – Schillers innerlich festere Natur mochte wohl dieser Rüstung nicht bedürfen, und dessen ungeachtet hat Goethes Wirkung wie im Leben so in der Poesie auf so außerordentlich viel weitere Regionen sich ausgedehnt; – wohl eben nur darum, weil allemal das Weichere nicht bloß das Mehrverletzbare, sondern auch das Mehrlebendige sein wird.

Ich habe nun zuerst von den antagonistischen Einwirkungen auf Goethe gesprochen, weil weniger als recht sie bisher in der Geschichte seiner Entwicklung übergangen worden sind; viel mehr beachtet und oft genug beneidet sind die günstigen Verhältnisse worden, welche sich in Bezug auf persönliche Teilnahme in seinem Leben begeben haben. Schon in einem Briefe vom Jahre 1775 sagt er von sich: »*das ist der Goethe, dessen größte Glückseligkeit es ist, mit den besten Menschen seiner Zeit zu leben*«, und in einem Maße wie selten irgendeinem ist ihm diese Glückseligkeit zuteilgeworden. Wären es freilich nur die besten nivellierten Gestalten eines modernen sozialen oder Furierschen Systems gewesen, mit denen Goethe im Leben zusammentraf, so möchte die Einwirkung auf ihn schwerlich eine bedeutende und günstige geworden sein. Ich habe jedoch schon im Eingange der

Betrachtung der Individualität Goethes bemerklich zu machen gesucht, dass die Menschen des vorigen Jahrhunderts darin allerdings eine sehr wesentliche Verschiedenheit von denen der jüngern Zeit erkennen lassen, dass ihnen bei einer weit minder gleichmäßigen Politur und Kultur ein zäheres Festhalten an ihrer besondern Natur ganz bestimmt angehört. – Nach dem guten altpersischen Spruche daher: »Ein Messer wetzt das andere und ein Mann den andern« konnten nur Personen, die wirklich Individuen sind, auf eine entschiedene Individualität nachhaltig und fördernd einwirken; und es mussten Begegnungen solcher Art auf eine so reich begabte Natur als Goethes auch doppelt fördernden Einfluss alsbald gewinnen. – Am meisten ist wohl als fördernd zu nennen die Konstellation, welche Goethe mit dem Großherzoge von Weimar, Carl August, zeitig in Berührung brachte. Gleich zwei entgegengesetzten magnetischen Polen zogen diese Naturen unaufhaltsam sich an, so wie ihre Wirkungssphären sich berührten, um nie wieder, selbst in der Gruft nicht, sich zu trennen! – Es ist nicht zu sagen, dass Goethe nicht ohne den Großherzog Goethe geblieben wäre (Werther und Götz von Berlichingen waren vorher geschaffen); aber es leidet keinen Zweifel: die volle befriedigende Erscheinung des mächtigen Geistes fordert auch in seinem äußern Sich-Darleben eine gewisse Größe der irdischen Existenz, die bei Goethe gerade nur durch die Beziehung zu einem Fürsten von der Großartigkeit und Frischheit der Gesinnung, wie sie in Carl August vorhanden war, erreicht werden konnte. Es sind mir von Männern, welche zu jener Zeit Weimar sahen, so manche eigentümlichen

Züge aus dem Zusammenleben dieser beiden Geister mitgeteilt worden, welche die Stellung des einen zu dem andern merkwürdig verdeutlichen, und selbst die Briefe, die wir von beiden besitzen, geben hier ein bleibendes Zeugnis eines Verhältnisses, welches zu den glücklichsten und bedeutungsvollsten gehört, die uns die Geschichte bewahrt hat. Der Regent nährte und erfreute sich an den Strahlen, die ihm der befreundete Genius spendete, und der Dichter und Kosmopolit erhielt wieder von dem Herrscher, was Archimedes verlangte, um die Erde zu rühren: – »gib mir, wo ich stehe, und ich werde sie bewegen!« –

Dergleichen Begegnungen und Verhältnisse sind es daher, deren Betrachtung uns immer am deutlichsten mit der Ahnung jener wunderbaren geheimen Macht erfüllt, die ruhig und ewig uns zu Häupten waltet und Großes wie Kleines in ein unendliches, unbegreifliches, organisches Ganzes rastlos verwebt! – Dass Goethe gerade diese Begegnung, und gerade zur rechten, frischen, bildsamen Zeit seines Lebens erfahren musste, dass gerade nur diese Beziehungen seiner Stellung in der Welt diese Bedeutung geben konnten, – dass gerade diese Stellung wieder in diesem Sinne die Entwicklung seiner ganzen geistigen Wirkung in solchem Maße erfüllte und bedingte – kann zu den weitgreifendsten Gedankenzügen Veranlassung geben. – Muss doch Tausendfältiges zusammenwirken und zusammentreffen, ehe irgendeine menschliche Individualität, geschweige denn eine so ausgezeichnete, die Höhe ihrer Entwicklung erreicht! – Übrigens, wenn für so manches Dasein schon ein einziges Verhältnis, wie das bezeichnete von Goethe zu Carl

August, vollauf genügte, das Leben zu reifen, so tritt uns sogleich bei Goethe ein zweites, wenn auch äußerlich weder extensiv noch intensiv gleich wichtiges, innerlich aber dafür noch weit bedeutungsvolleres entgegen, das Verhältnis zu Schiller. – Dies ist das Verhältnis, welches am meisten abgehandelt, durchgesprochen und beleuchtet worden ist, doch wohl nicht immer auf die wahrhaft sachgemäße Weise. – Ich gestehe, dass das, was man so oft aussprechen hört, von der gegenseitigen Einwirkung dieser beiden Geister aufeinander, von dem besondern Anteil, den jeder derselben an dem Entwicklungsgange des andern gehabt habe und der Förderung und Reifung des Genius, welche der eine dem andern verdanke, so hat mir dies nie recht der Wahrheit gemäß scheinen wollen. Beide Naturen waren eigentlich zu verschieden in ihrem Wesen, beide kamen erst in nahe Berührung zueinander, nachdem ihre Individualität bereits auf sehr entschiedene Weise sich entwickelt hatte, und zwar so, dass, ehe andere Bande sie vereinigten, ein Gefühl des Widerstrebens, um nicht zu sagen, des Widerwillens, sie gänzlich auseinanderhielt. Merkwürdig ist gerade in dieser Beziehung die Schilderung Goethes von seiner ersten Begegnung mit Schiller, denn unverhohlen spricht er es aus, dass, als er, aus Italien wiederkehrend und die reinen Formen der Iphigenie und des Tasso in sich tragend, den damaligen Interessen des deutschen Publikums an der poetischen Literatur sich wieder zuwendete, es ihm einen eigentümlich unheimlichen Eindruck gegeben habe, sich »*zwischen Ardinghello und Carl Moor eingeklemmt*« zu finden. – Es scheint mir also, dass irgendeine bedeutende fortbildende Einwirkung namentlich auf Goethe durch Schiller wirklich nicht in dem Maße angenommen werden dürfe, in welchem man sie häufigst angenommen findet; dahingegen in anderer Beziehung allerdings das Vereinleben mit Schiller ein höheres Genügen und dadurch eine frischere Lust des Schaffens und Bildens und eine schönere Freudigkeit des Lebens in Goethe insofern herbeiführen musste, als es überhaupt für den Mann eins der glücklichsten, obwohl zugleich seltensten Begegnisse bleibt, den auf gleichen Bahnen und doch in verschiedenem Sinne wandelnden Freund zu finden, mit dem eine andauernde Wechselwirkung ungestört und durch eine längere Lebensperiode hindurch möglich ist. Eine wichtige Stelle hierüber findet sich unter den einzelnen Reflexionen; sie heißt: »*Mein Verhältnis zu Schiller gründete sich auf die entschiedene Richtung beider auf einen Zweck, unsre gemeinschaftliche Tätigkeit auf die Verschiedenheit der Mittel, wodurch wir jenen zu erreichen strebten. – Bei einer zarten Differenz, die einst zwischen uns zur Sprache kam, und woran ich durch eine Stelle seines Briefes wieder erinnert werde, machte ich folgende Betrachtungen: – Es ist ein großer Unterschied, ob der Dichter zum Allgemeinen das Besondere sucht oder im Besondern das Allgemeine schaut. Aus jener Art entsteht Allegorie, wo das Besondere nur als Beispiel, als Exempel des Allgemeinen gilt; die letztere aber ist eigentlich die Natur der Poesie; sie spricht ein Besonderes aus, ohne ans Allgemeine zu denken oder darauf hinzuweisen. Wer nun dieses Besondere lebendig fasst, erhält zugleich das Allgemeine mit, ohne es gewahr zu werden, oder erst spät.*« – Die Verschiedenheit beider Dichter liegt hierin sehr deutlich vor Augen! – Unzweifelhaft ist es aber, das schöne Glück vereinter Wechselwirkung wurde Goethe durch Schiller zuteil; die lebhafteste Empfindung hiervon findet sich in Briefen und Gedichten ausgesprochen, und wer möchte verkennen, dass so manche Blüte des Goetheschen Genius nicht getrieben worden wäre, hätte dieses Glück ihm gefehlt. Soll doch die echte Poesie aus der wahren, schönen und vollen Genüge des Daseins, als leuchtende Spitze der dunkeln Pyramide des Lebens hervorgehen, und zeichnet sich doch eben Goethes Poesie in diesem Sinne so sehr aus unter dem larmoyanten Wesen der meisten Neuern, deren Inspiration größtenteils dem Gefühle der innerlichen Zerwürfnis, ja oft genug dem der Verzweiflung ihre Quelle verdankt. – Und so hat denn ein gütiges Geschick fort und fort die reichsten Gaben über seinen Liebling ausgegossen! – Was irgend Interessantes und Großes die neuere Zeit an Männern hervorbrachte, führte es bald auf längere, bald auf kürzere Zeit in die Nähe Goethes, und ich habe schon oben bemerkt, wie dankbar auch wir es anzuerkennen haben, dass noch in seinen späten Tagen ihm aus einem armen Hirtenknaben ein sorgsam pflegender junger Freund erzogen wurde, welcher teils durch seine teilnehmende Nähe den gern zur Jugend sich neigenden Greis zu manchen schätzbaren Mitteilungen vermochte, teils diese goldnen Worte mit liebendem Gemüte aufzeichnete und der Nachwelt auf eine Weise bewahrte, dass noch späte Geschlechter aus seinem kleinen Buche sich deutlich machen können: so war im höhern Alter der größte Dichter deutscher Zunge – so war und so lebte und sprach Goethe.

Der Mann bildet sich indes nur zum Teil an Männern heran; nicht minder wichtig ist die Heranbildung, welche ihm durch Frauen zuteilwird. Es ist zu beklagen, dass gerade dieses Verhältnis selten in seiner Tiefe und seinem Umfange Gegenstand psychologischer Betrachtung werden kann, weil zu viel eigentümlich zarte Saiten berührt werden müssten, deren Erzittern und Ertönen nur dem eignen Geiste hörbar bleibt, dem Fremden aber entweder nicht vernehmbar werden kann oder nicht vernehmbar werden soll. Manches dieser Art habe ich in dem dritten Briefe über Faust früherhin im Allgemeinen und in Beziehung auf Entwicklungsgeschichte des Goetheschen Faust vorgelegt, was ich hier meinen Lesern in die Erinnerung zurückrufen möchte, da es vielleicht auch auf Goethe selbst manche Anwendung leiden könnte. Man erlaube mir jedoch zuvörderst einige allgemeine Bemerkungen: – Ich habe schon mehrmals beiläufig ausgesprochen, dass ich als den Inbegriff aller Künste, als die höchste Kunst schlechthin, die Kunst des Lebens, die Lebenskunst anzusehen mich genötigt fühle. Ich brauche kaum dem Leser, welcher mir überhaupt auf meinem Betrachtungswege zu folgen geneigt und geeignet ist, noch hinzuzufügen, dass ich unter dieser Lebenskunst eben nichts anderes verstehe, als die Kunst, den Wagen und die Zügel des Lebens dergestalt zu lenken und zu leiten, dass die wahrhaft schöne und folgenreiche Entwicklung des Menschen dadurch zu ihrem eigentlichen und höheren Ziele gefördert wird. Diese Lebenskunst aber, eben weil sie die höchste ist, begreift mehrere andere Arten von Kunst unter sich, welche wir am besten in drei Abteilungen sondern, je nach den drei alles Seelenleben umfassenden und erfüllenden Strahlen, das ist: nach dem Erkennen, dem Fühlen und dem freien Wollen. Diese drei Abteilungen nennen wir: die Kunst der Erkenntnis, die Kunst des Gefühls und die Kunst des Willens. – Wenn die erstere der Mann nur im eignen tiefen und geheimen Seelenleben, der Natur gegenüber und im innigeren Hinwenden nach dem Göttlichen ausbildet und durchbildet, wenn er so von Erkenntnis zu Erkenntnis sich steigert und sein Verstand sich entwickelt, bis endlich in der höchsten Region der Vernunft mehr und mehr die eigentliche Idee unseres Daseins in der Welt vernommen wird, so bildet dagegen die Kunst seines Wollens – sein Können – sich offenbar hauptsächlich durch sein Leben in der Welt und unter Männern aus. – Der Mann muss Männern gegenüberstehen, um in seinem Willen zu erstarken, und erst, indem Wille an Willen sich bricht und übt, reift in ihm männliche Kraft, ja endlich geht aus diesen Kämpfen das hohe Bewusstsein der Freiheit des Willens hervor. –

Aber nicht allein Erkenntnis und Wille sollen zunehmen und erstarken; auch die Region des Gefühls soll im Manne gereift und gezeitigt werden, es soll der Sinn des Schönen sich entfalten, und es soll der Herzschlag des Seelenlebens – die Liebe – sich hervorbilden, und für alles dieses ist es vorzüglich das Verhältnis des Mannes zu Frauen, an welchem und durch welches diese Art der Lebenskunst am besten sich entwickeln wird. – Wie in den beiden andern zuvorgedachten Richtungen, so liegt jedoch auch hier ein weiter Kreis, es liegen viele und mannigfaltige Nuancen vor, innerhalb welcher der männliche Geist sich zur Vollendung durchzuarbeiten bestimmt ist. Von der feinen Gesittung in den äußerlichen Formen des Lebens, von der Ausbildung der Anmut in zarten Lebensverhältnissen bis zu den eigentümlichen, oft auf die merkwürdigste Weise die Entwicklung des Mannes fördernden Erregungen leidenschaftlicher Liebe, von der ersten Ahnung der Schönheit, wie sie in weiblichen Formen sich verkörpert, bis zum Gefühl höchster Beglückung im vollen Besitz derselben und bis zum Verständnis der geistigen Zartheit des weiblichen Gemütes und die dadurch vollendeten schönen Formen in den Kunstschöpfungen der Erkenntnis und des Willens im Manne, gibt es unendliche Berührungen und unendliche Verhältnisse, deren Einwirkung insgesamt auf eigentümliche Weise zur Vollendung einer feineren Lebenskunst beiträgt.

Will man nun mit dieser Erkenntnis ausgerüstet im Leben sorgfältig um sich blicken, so wird man gar bald gewahr werden, wie einige bald mehr nach dieser, andere bald mehr nach einer andern Seite der Lebenskunst sich wenden und wie dadurch ihre verschiedenen äußeren Verhältnisse auffallend bestimmt werden. Man wird bemerken, wie der, welcher mehr in der Kunst der Erkenntnis vorzuschreiten berufen ist, sich auf sich selbst zu beschränken mehr und mehr besorgt zu sein pflegt. Im stillen und einsamen Verhältnis der Seele zu sich selbst und zu Gott geht ihm heller und heller das Gestirn des Wissens auf, und so erfüllt sich ihm am genügendsten der Beruf des Lebens; Männer sowohl als Frauen werden ihn durch ihre nähere Berührung überall mehr stören als fördern können. – Wem dagegen die Aufgabe des Wollens und der freien großen Tat im Leben geworden ist, der wird vorzugsweise an Männer sich schließen. Zeitig wird ihm klar werden, dass nur durch Männer in ihm selbst die höchste Kraft des Willens reifen, dass nur in der Verbindung mit Männern die große Tat, deren Pläne ihm aufgegangen sind, vollführt werden kann. – Beispiele zu all diesem bieten sich von selbst dar, ich darf deren Aufsuchung dem Ermessen meiner Leser gern überlassen.

Wo nun endlich die Ausbildung der Kunst des Gefühlslebens der Grundton ist, in welchem die Saiten der Seele erzittern, wo die Richtung auf Schönheit, Poesie und Liebe vorwaltet, da drängt es den Mann, im Leben sich an Frauen anzuschließen, da umweht ihn ein feiner Liebeshauch schon in jugendlicher Entwicklung, und in späteren Jahren noch wird Glück oder Unglück seines Lebens zum großen Teil von seinem Verhältnis zu Frauen abhängen. Man darf nur an die Lebensereignisse der meisten Dichter denken, und die Wahrheit des hier Ausgesprochenen wird alsbald fühlbar werden.

Nun treten aber freilich hier wie überall bei solchen Unterscheidungen in der Wirklichkeit die verschiedenen Klassen nicht so scharf gesondert hervor, wie wir sie in Gedanken verfolgen dürfen. Die Poesie selbst, je mehr sie einen tatkräftigen Charakter annimmt, desto mehr wird sie den Mann mit Männern in Berührung bringen, und wiederum je mehr ein poetischer Hauch oder das Streben nach praktischer Anwendung den Erkenntnis-Suchenden durchdringt, desto mehr wird er mitten in seiner stillen Forschergrotte durch Einfluss bald mehr der Frauen, bald mehr der Männer bewegt werden. Und so lassen sich tausenderlei Nuancierungen aufstellen, von welchen wir hier absehen müssen und deren wir nur gedacht haben, um uns zu einer deutlicheren Erkenntnis zu führen hinsichtlich der Lebensverhältnisse von Goethe. Auch in solcher Hinsicht bietet aber dieser wunderbare Geist Stoff zu den mannigfaltigsten Betrachtungen dar. – Wir wollen hier nicht darauf eingehen, wie eigentümlich gefahrvoll dem Geiste des frauenhaft gesinnten Mannes dieses innere Bedürfnis und Verlangen werden kann; wir wollen nur flüchtig daran erinnern, wie viele in Wahnsinn, Tod und Verzweiflung geendigt haben, weil das Sehnen ihres Innern unbefriedigt blieb, weil sie sich von kalten oder trügerischen Naturen zurückgestoßen und tödlich verletzt fanden; wir dürfen vielmehr nur zurückweisen auf das, was Goethe selbst in der oben angeführten Stelle vom Lebensüberdruss sagt, dass nämlich auch die Liebe unter die Erscheinungen gehöre, welche einem gewissen Kreislaufe unterworfen seien, welche steigen und fallen, sich erneuern und wieder vergehen und bei deren Umschwung und Wechsel, sobald der Mensch sich nicht auf den höheren Standpunkt erheben könne, wo dieses alles als organische Notwendigkeit ebenso für ein Regelmäßiges und Schönes genommen wird wie der Kreislauf der Tages- und Jahreszeiten, allerdings die Gefahr lebhaft hervortrete, in alle Qualen des bittersten Lebensüberdrusses zu geraten. – Wenn nun Goethe, der Dichter, er, dessen Lebenskunst des Gefühls sich ebenfalls nur unter Einfluss der Frauen zu entwickeln vermochte, aus diesen Gefahren doch glücklich und siegreich hervorging, so ist es jedenfalls der Betrachtung wert, zu untersuchen, was ihm hierbei das schützende Element gewesen? –

Erwogen muss es in dieser Hinsicht zuerst werden, dass schon seine Individualität zu groß war, um ganz einseitig auf die Gefühlswelt und so auch im Leben auf den Umgang mit Frauen gerichtet zu sein. Dem Erkennen wie dem Willen und der Tat war sein Wesen gleichmäßig zugewendet, und in seiner Poesie selbst hauchte deshalb ein Geist des reinen und vollen Menschlichen, welcher, wie er ihn selbst zur Form des Altertums immer wieder hinzog, auch seinen Dichtungen die Gediegenheit einer klassischen Welt aufdrückte. – Es ist in dieser Hinsicht sehr merkwürdig, zu beachten, dass das nie genug zu bewundernde Werk – Götz von Berlichingen –, welchem einen durchaus Herodoteischen Charakter wir in jeder Beziehung zuerkennen müssen, das erste war, was ihn nachhaltig beschäftigte, was nicht wie der Werther augenblicklich als Krisis eines kranken Zustandes plastische Form gewann, sondern was als erste große gesunde Blüte eines mit Bewusstsein vorwärtsstrebenden Dichtergeistes hervortrat. Hier war also schon eine Tonart der Gefühlswelt angeschlagen, welche, ohne irgendeine Verweichlichung zu begünstigen, die Entschiedenheit und Willenskraft des recht eigentlich männlichen Geistes atmete. Hätte Goethe lauter Sachen wie den Götz von Berlichingen geschrieben, so könnte von Bedürfnis weiblichen Einflusses auf seinen Entwicklungsgang überhaupt ebenso wenig die Rede sein, als etwa bei Äschylos und Sophokles. Zeugnis dessen sei die Rede Götzens zu Weislingen. »Da hielt dich das unglückliche Hofleben und das Schlenzen und Scherwenzen mit den Weibern. Ich sagte es dir immer, wenn du ihnen erzähltest von missvergnügten Ehen, verführten Mädchen, *der rauen Haut einer dritten oder was sie sonst gern hören, du wirst ein Spitzbub, sagt' ich, Adelbert.*« – Und dabei doch wieder, neben dieser Erhebung über allen Einfluss der Frauen, die volle reine Darstellung echter Weiblichkeit in Götzens Hausfrau und Schwester, und dagegen das Urbild reizender Verführung in Adelheid, mit einer Tiefe gezeichnet, welche bei dem durch alle Schulen des Lebens gegangenen Manne Bewunderung erregen musste und bei dem Jüngling Goethe fast unerklärlich erscheint! – Und welche weiblichen Charaktere hat er nicht fernerhin gegeben! – sind sie nicht alle fast zu historischen Personen geworden! – Von Clavigos kränklicher Marie und Gretchen im Faust und Egmonts Klärchen bis zu Tassos beiden Leonoren und zur Iphigenia und so viel andern, welche Beobachtungen mussten gemacht werden, welche Erfahrungen mussten ihm kommen, und wie sehr musste alles dies wieder bezeugen, dass er viel unter Frauen gelebt habe! – Sucht man nun den Lebensereignissen zu folgen, soweit es aus seinen Schriften, Briefen und sonstigen Mitteilungen möglich ist, und versucht man dann ein Resultat zu ziehen über die Eigentümlichkeit seiner Begegnungen mit Frauen, so ergibt sich nach sorgfältiger Beachtung und Vergleichung alles Verschiedenartigen, wie mir scheint, nur eine und eine von den gewöhnlichen Urteilen sehr abweichende Wahrnehmung – nämlich bei durchgehendem lebendigstem Gefühl für Anmut, Schönheit und Liebe, ein entschiedener, überall wiederkehrender Zug von Entsagung. – Wie oft hat mir nicht schon in frühen Jahren jenes wunderbare Gedicht eigene Gedanken gemacht, in dem es heißt:

*»Trink, o Jüngling, heil'ges Glücke*
*Taglang aus der Liebsten Blicke;*
*Abends gaukl' ihr Bild dich ein,*
*Kein Verliebter hab' es besser;*
*Doch das Glück bleibt immer größer,*
*Fern von der Geliebten sein.«*

Es geht dieser Zug von Entsagung auf eine sehr eigentümliche Weise durch sein Leben hindurch und scheint
mir nur dann erklärlich und nur dann vom rechten
Standpunkte aufgefasst, wenn wir bedenken, welcher
Genius in seinem Innern waltete und welchen geheimen
Tempeldienst dieser Genius forderte, wenn sein Walten
ungestört bleiben und sein Ziel erreicht werden sollte.
Die Ehrfurcht vor der Weihe dieses Tempeldienstes, die
innere Nötigung, darüber zu wachen, dass das wunderbare Wehen von den Flügelschlägen dieses Geistes rein
vernommen werden könne, so unruhig auch an den Au-
ßenseiten der Tempelmauern das Meer der Leidenschaft
stürmte, das ist es, was ihn die zu rechter Zeit eintreten-
de Entsagung lehrte, welche gegen den Reiz der Frauen
zu üben, dem am schwersten geraten musste, dem das
lebendigste Gefühl dafür geworden war. – Der vieljährige Freund Goethes, Kanzler v. Müller, sagt einmal über
ihn: »Von Rom her, aus der Mitte des reichsten und
großartigsten Lebens, datiert sich die ernste Maxime der
Entsagung, die er sein ganzes späteres Leben hindurch
geübt hat und in der er die einzig sichere Bürgschaft inneren Friedens und Gleichgewichtes fand.« Ich möchte
aber kaum zugestehen, dass nur von Rom her diese Le-
benslehre sich schreiben sollte, denn hat er sie auch vielleicht erst seit dieser Zeit ausgesprochen, so schwebte sie

doch sicher schon viel früher, gleich einer die Strahlen versengender Sonne abhaltenden Wolke mehr unbewusst und doch nicht minder wirksam über seinem Leben. – Und doch ist es auch hier sehr schwer, über Gegenstände dieser Art sich vollkommen verständlich und deutlich zu machen! – Immer fragt es sich zuerst: Was versteht man unter Entsagung? – Der Stoiker, der sich mit einem Mantel, mit einem Trunk Wasser und mit Wurzeln des Waldes begnügt, wirft vielleicht dem äußerst Mäßigen, welcher die größte Entsagung zu üben glaubt, übermäßigen Luxus vor, während der im Wohlleben eingewohnte Reiche es für eine besondere Entsagung sich anrechnet, wenn er statt zweier Feste des Tages nur eines feiert, und der dem Leben überhaupt Entsagende wiederum den Stoiker noch einen Weichling nennt, weil ihm zur letzten Entsagung der Mut fehle. Also nach äußerlichem Maßstabe kann gewiss keineswegs geurteilt werden, wenn über das Wesen der Entsagung wir eine Bestimmung finden wollen. – Den echten Begriff der Entsagung kann also nur die Rücksicht auf inneres Seelenleben gewähren. – Es verdient daher nur Entsagung genannt zu werden, jene edle und freiwillige Selbstbeschränkung, welche bei reiner Freude am Erfassen und Gebrauchen aller Glücksgüter des Lebens alles und jedes ausschließt, was für eine wahrhafte und schöne Entwicklung des in uns gelegten Göttlichen irgend behindernd und störend werden müsste, entweder, weil es dasselbe in niedere Regionen herabziehen, oder weil es mitten in dem wohl sehnlich gewünschten Übermaße augenblicklicher Lust ihm Fesseln anlegen würde, durch welche eine weitere und höhere Entfaltung fürderhin unmöglich bliebe. Dieser Begriff der Entsagung ist es, welcher uns allein der schöne und wahrhaft vernünftige erscheint, dieser ist es, welcher sich im Physischen und Psychischen gleichmäßig bewährt, dieser ist es, welcher uns mahnt, keinem noch so anmutigen Genusse uns hinzugeben, wenn er unserem höheren Sein Gefahren droht, und dieser ist es, welcher uns vor Verhältnissen warnt, bei welchen wir unter allen Beglückenden, so sie uns zunächst verheißen, unsere geistige Freiheit und die Erfüllung am Baue der Pyramide unseres Seelenlebens notwendig gefährdet fänden. Wer diesen Maßstab anlegt, wird keineswegs versucht sein, auch jenem Glücke zu entsagen, an welchem in frischem Lebensäther ein rein menschliches Dasein sich freudig höher hinanrankt, nicht versucht sein, in den Wahnsinn eines nur sich selbst quälenden Stoikers zu verfallen, er wird keinem beglückenden Verhältnisse sich entziehen, wenn in ihm sein höheres Selbst hinlängliche Nahrung findet; aber er wird allemal prüfend erkennen, inwieweit es gerade ihm, gerade seiner Lebensaufgabe wahrhaft gemäß sei, oder inwieweit ihm von dorther unter Schein von Glück und Freude wirkliches Unglück und zerstörender Schmerz drohe.

Freilich ist es auch hier wie bei dem, was ich weiter oben die Kunst des Wachseins nannte; sowie die Entsagung zu einer peinlichen Abwägung des geringern oder größern Vorteils, der ängstlichen, egoistischen Befürchtung wird, geht sie wieder über die reine Mitte hinaus und verfällt in ein widerwärtiges Extrem. Wie das Wachsein, so muss die rechte Entsagung (welche eigentlich im höchsten Sinne mit jenem zusammenfällt) von dem unbewussten Walten des Genius diktiert werden, und so erst wird dann das Schmerzliche der Entsagung sich wieder in höhere Freudigkeit lösen. Wer peinlich einem Glücke, einem anlockenden Verhältnisse entsagt, und wer dadurch nur einer ängstlichen Sorge für seinen Vorteil, und sei dieser auch ein durchaus geistiger, Genüge tun will, oder wer in dieser Entsagung nur einem gewissen Stolze Genüge leistet, oder in wem sie bloß aus einem hartnäckigen Geiste des Widerspruchs hervorgeht, der steht unfehlbar auf einem weit niedrigern Standpunkte als der, welchen die Liebe zu irgendeinem wahrhaft Schönen verleitet, minder streng über sich selbst zu wachen und seine Fortifikationslinien nicht zu rechter Zeit zu schließen. – Ja, man kann hier wohl die Frage aufwerfen: Gibt es nicht in wunderbaren besonderen Fällen eine gewisse selige Verschwendung des gesamten Daseins, welche, durch unwiderstehliche Liebe geboten, über den Menschen waltet und von welcher man, wie Schiller vom Fatum der alten Tragödie, sagen kann, dass sie: »den Menschen erhebt, wenn sie den Menschen zermalmt«? – Gewiss! Wir treten hier in die geheimsten Regionen des Seelenlebens, wo es auf der Schärfe eines Messers liegt, zu entscheiden, was höher, was edler sei! – Dem Menschen ist es einerseits allerdings die reinste und erste Aufgabe, durch Entsagung gegen alle störenden Einflüsse, die Pyramide seines eigenen Daseins unverdrossen und unverzagt von der Basis bis gegen die Spitze hin vollständiger und größer auszubauen, und andererseits liegt wieder etwas so Mächtiges und Schönes darin, dies ganze Dasein unter gewissen Umständen dranzuwagen, von Liebe so ergriffen zu sein, dass auf die Gefahr hin, dass dieser ganze Bau zu Trümmern gehe, alle Entsagung aufgegeben werde und die volle Hingebung des eigenen Selbst an das Geliebte erfolge. – Wenn das erste dem Weisen eignet, der festen Schrittes den Pfad eigner, höherer Entwicklung verfolgt, so liegt dagegen in dem andern der Reiz des Liebenden, den wiederum die Selbstaufopferung, eigentlich die Entsagung oder die Entäußerung seiner selbst, mit einem ganz besonderen Zauber verschönt. Der Schritt vom ersten zu einem harten geistigen Egoismus ist ebenso nahe, als der des letztern zur Selbstvernichtung und zum Wahnsinn, und Hunderte von Fällen können gedacht werden, wo ein ewiger Streit stattfinden wird, welches größer, welches rühmlicher sei, und welches nicht. –

Ich brauche nun kaum hier weiter auszuführen, dass insbesondere auf das Verhältnis des Mannes zu Frauen jene Betrachtungen angewendet werden mögen; und fassen wir nun wieder die Lebensverhältnisse Goethes ins Auge, und erkennen wir in ihnen wirklich durch und durch eine gewisse Abgemessenheit und eine bewusste Entsagung, deren Verdeutlichung er sogar die Fortsetzung des auf eigne Entwicklung so beziehungsreichen Wilhelm Meister gewidmet hat, so kann uns das ferner zu manchen wichtigen Betrachtungen Gelegenheit geben: – Die verschiedenartigsten Individualitäten und Beziehungen treten uns hier entgegen; von der ersten jugendlichen Neigung zu Gretchen in Frankfurt, von der idyllischen Friedrike, der heitern, fast schon mit Goethe versprochenen Lilli, der nur durch Briefe geliebten Gräfin Stolberg, bis zu der ihn im Alter noch zu den Dichtungen von Suleika begeisternden Geliebten, zu alle diesen und noch so manchen andern ergeben sich Verhältnisse, welche in ihrer Weiterfortbildung eigentlich die entschiedenste Umgestaltung in Goethes Leben bedingen mussten, hätte nicht eine gewisse schon bei dem ersten halb kindischen Verhältnisse sich äußernde Scheu und bei allen spätern eine bestimmte innere Notwendigkeit der gewiss oftmals schmerzlichen Entsagung, ihn auf dem Pfade erhalten, innerhalb welches er sich allein zu entwickeln bestimmt fühlte.

Hier tritt nun auch der Fall ein, wo die Ansichten über Goethe vielleicht mit am meisten auseinanderweichen. Von der einen Seite wird ihm seine Entsagung, sein Sich-Zurückziehen als kaltberechnender Egoismus verdacht, als grundlos Treu- und Wortbrüchigen stellen ihn die Strengrichtenden dar, und die milder Gesinnten zeihen ihn wenigstens der Kälte und der Lust am Wechsel. Von der andern Seite preisen die Freunde die Selbstentäußerung, die Macht, sich im Zügel zu halten und die klare Vernunftanschauung dessen, was ihm dient, sein Leben auf die ihm wahrhaft angemessene Weise zu gestalten. Ich gestehe, dass mir scheint, die Wahrheit liege in der Mitte zwischen beiden Extremen. Die ersten Vorwürfe können ihm nur gemacht werden von Personen, die das merkwürdige, unbewusste, instinktmäßige Walten eines Geistes von solcher Energie nicht zu ahnen vermögen und nicht wissen, wie diese Energie ebenso wohl abwehrend als bewältigend und heranziehend wirken muss, wenn sie als schaffend und fortbildend sich bewähren soll. Den Ruhm der letztern wollen wir deshalb nicht zu hoch stellen, weil einesteils jene unbewusste

Nötigung das Verdienst der freien Tat aufhebt und weil nun auch mit dieser ablehnenden Verneinung, mit dieser Stärke der Entsagung jenes Element der unbedingt sich hingebenden Liebe durch und durch beeinträchtigt erscheint, von dessen Bedeutung und Schönheit wir oben schon gesprochen haben. – Hier liegt jedenfalls etwas, das wir für Goethe bezeichnend erklären dürfen und was das Körnlein Wahrheit ist, was wir in den vielen Deklamationen gegen Goethe als eigentlich und allein Treffendes nennen mögen und wodurch diese Deklamationen selbst allein einigermaßen gerechtfertigt werden. Nämlich es fehlte ihm gerade durch diese große Selbstständigkeit, durch dieses Prinzip der Entsagung die Gewalt und Macht der hingebenden Liebe. – Eben in jenem dritten Briefe über Faust glaube ich es aber ausgesprochen zu haben, dass die Liebe selbst, als Liebesleidenschaft, gerade dann einen höhern Sinn gewinnt, wenn wir bedenken, wohin sie eigentlich deutet. – Wir meinen aber, sie deute allerdings auf das Vernichten alles Selbstischen und auf das höchste Aufgehen – man könnte auch in einem andern und höhern Sinne sagen – verwesen im Göttlichen, und wenn der Mensch schon im gewöhnlichen Leben es für ein Höchstes nimmt, wenn er sagt, »er sei außer sich« – so ist es die Liebe des einen Wesens zum andern, an welchem es gleichsam lernt, außer sich zu sein, sich zu jener Höhe zu steigern, wo es sich selbst nichts mehr ist und wo sein Wesen ganz und gar in einem andern und zuhöchst im Göttlichen aufgeht. – Liegt es doch hierin, dass uns selbst die Liebesleidenschaft auf Erden eine gewisse Ehrfurcht einflößt, wo wir ihr begegnen, und man darf wohl sagen, dass es in diesem Sinne Shakespeare gelungen sei, jene schönen Gestalten, die uns als Julia und Romeo eine Art von höherer historischer Wahrheit erhalten haben, gleichsam zu Heiligen der Liebe zu verklären. – Diese Liebe nun, die ihrer selbst ganz vergisst, die von allen andern Entsagungen, nur nicht gegen die Geliebte wissen will und wissen kann – diese Liebe, die in ihrer Stufenfolge, von der Wurzel irdischer Verhältnisse bis zu dem Aufgehen im Göttlichen, ebenfalls ein ganzes Leben durchdringen kann, und sich vielleicht in diesem Sinne niemals merkwürdiger und schöner dargelebt hat als in Dante, – diese Liebe als Bestimmungsgrund der ganzen Existenz, – von ihr dürfen wir wohl sagen, sie war der Individualität Goethes nicht bestimmt, und dieser Mangel ist es, welcher ihn jener Entsagungen fähig machte, die, so nötig wir sie auch wohl in seinem Verhältnisse zu Friedrike, zu Lilli und andern, für die Möglichkeit seiner ganzen spätern Entwicklung erkennen mögen, uns immer ein gewisses herbes Gefühl zurücklässt.

Aber fern sei es von uns, ihm darüber besondere Vorwürfe zu machen! – Zu allen Dingen gehören besondere Anlagen und besondere Konstellationen, und wer will sagen, dass gerade bei den Seinigen die Entwicklung jener selbstvergessenden Liebe möglich war! – Dürfen wir nicht beklagend sagen: Es sei ihm überhaupt nie das Glück geworden, ein Wesen zu finden, dem es gegeben sein konnte, gerade bei Goethes mächtiger, alles überragender Individualität den Eindruck zu machen, dass jene, ein ganzes Leben durchdringende Liebe sich hätte entzünden können? – Dürfen wir nicht darauf hindeuten, wie eigne Verhältnisse selbst bei andern sich hervorheben müssen, wenn dergleichen sich begeben soll? – Wäre selbst Dantes Liebe in dieser Tenazität und fortgehenden Steigerung möglich gewesen, wenn nicht das gewaltige Ereignis des frühen Todes der Beatrice die Bedingung gegeben? – und endlich: Musste nicht gerade Goethe so frei, so in sich zurückgezogen und so entsagend sich entwickeln, wenn überhaupt alles das ihm zu vollenden möglich werden sollte, was wir an ihm zu bewundern nicht aufhören können? – Wenn Goethe übrigens einer Liebe entbehrte, wie wir sie hier jener Entsagung gegenübergestellt haben, so müssen wir bedenken, dass eben dadurch ihm selbst ein Glück entging, welches vielleicht allein fehlte, um einen Sterblichen mit allem zu krönen, was die Götter unter ganz besondern Konstellationen dem Leben Herrliches einflechten.

Sei es daher jetzt genug der Besprechung über einen Gegenstand, welcher so tief in die geheimsten Regionen des Lebens eingreift, dass wir ihn schon deshalb mit vieler Zartheit und Rückhaltung betrachten müssen; denn wenn wir oft in Zweifel sein können, bei einem Blick in unsern eignen Busen, in welchem Verhältnisse bei uns selbst Liebe und Entsagung stehen – so ist es immer ein doppelt gewagtes Beginnen, in die Seele eines andern schauen oder nun gar dort das Richteramt üben zu wollen. – Sei deshalb auch hier der Entsagung der Vorzug gegeben, damit wir nicht weiter als billig in die Mysterien eines so großen Geistes einzudringen zu wagen in Verdacht kommen.

Soviel muss jedenfalls dem, der den Lebensweg Goethes verfolgt, deutlich werden, dass die Schule der Frauen ihm keineswegs gefehlt habe, und dass von dem eigentümlichsten Einflusse der Mutter an bis zu anmutiger Geselligkeit, geistreicher Anregung und mannigfachen leidenschaftlichen Zuständen, ferner bis zu einer vollen, poetisch-schönen Beglückung des Besitzes, wie er in den römischen Elegien ausgesprochen ist, und bis zu den ganz ideellen Beziehungen zu einer hohen fürstlichen Frau, so wie in spätern Jahren zu so mancher anmutigen jüngeren Freundin, Goethe den Frauen die mannigfaltigsten fortbildenden Einwirkungen auf sein Leben verdankte; Einwirkungen, durch welche seine Lebenskunst überhaupt und die der Gefühlssphäre insbesondere Entwicklungen empfingen, deren Resultate in seinen Produktionen auf das Nachhaltigste zutage gelegt erscheinen, und wodurch insbesondere jene Gefügigkeit, jene Anmut und jene Vollendung der Form gefördert worden ist, welche wir in seinen Werken nie aufhören zu bewundern.

Wenn wir aber auf solche Weise aufmerksam betrachtet haben, wie sich die Lebensverhältnisse Goethes zu einzelnen Personen gestaltet und welche Wirkung sie auf Entwicklung seiner eignen Individualität gehabt haben, so dürfen wir nun jedenfalls auch weiter gehen und uns fragen: In welchem Verhältnisse steht dieser merkwürdige Geist hinwiederum zum Entwicklungsgange der Menschheit? – Ich erlaube mir zuvörderst, um hier den Standpunkt deutlich zu machen, von welchem unsere Gedankenfolge ausgehen soll, ein paar Stellen anzuziehen aus meinem System der Physiologie: – Es heißt dort im ersten Teile bei Gelegenheit der Physiologie der Menschheit unter anderm: – »Es gehört zu den höchsten Aufgaben des Menschen, von der Menschheit als einem

Ganzen, als einem ideellen Organismus, einen Begriff zu erlangen, aufzuhören, sich als ein einzelnes Stück unter einzelnen zu fühlen und gewahr zu werden, dass der Mensch nur als Glied eines höhern Ganzen eine bleibende und tiefere Bedeutung erreichen und behaupten kann« – und späterhin: »Wie aber infolge der Beziehung aller Teile und Glieder eines Organismus auf seine ideelle Einheit einige mehr zentral und höher, andere mehr peripherisch und niedriger erscheinen müssen, so auch in der Menschheit. Der Maßstab der geringern oder höhern Bedeutung des Einzelnen kann auch hier nur gegeben sein durch den Grad, bis zu welchem sich in ihm die Idee der gesamten Menschheit wiederholt. Die Persönlichkeit, welche die universellen Gedanken, so die Menschheit zu realisieren bestimmt ist, in ihrem Geiste trägt, die Persönlichkeit, in welcher die Ideen von Willenskraft und Schönheit, Wahrheit und Liebe, welche das höchste Eigentum der Menschheit sind, am entschiedensten, soweit dies dem Individuum möglich ist, sich betätigen, wird die höchste sein, und von hier aus wird sich dann die Gradation weiter finden lassen. Auf ähnliche Weise kann die physiologische Geschichte des Tieres wie des einzelnen Menschen zeigen, dass sich diejenigen Organe als die höchsten bewähren, welche die Idee animalen Lebens am konzentriertesten enthalten, weshalb denn die Nervengebilde (denn das ganze Tier und der ganze Mensch ist ursprünglich eine den Begriff des Nervenmarks enthaltende Punktmasse) billig hier die höchste Stelle einnehmen. Ja man ahnt sogar auf das Bestimmteste die Analogie zwischen gewissen Arten der Persönlichkeit in der Menschheit und gewissen Arten von Organen im Menschen. – Ist nicht ein Raffael gleichsam ein Auge der Menschheit und ein Mozart ein Ohr der Menschheit!« – Es ist noch nicht versucht worden, das, was man Geschichte, Geschichtsschreibung nennt, einmal ganz in diesem physiologischen Sinne zu behandeln und zu betrachten, wie bedeutende einzelne Menschen am Ganzen der Menschheit, während seiner fortschreitenden Entfaltung, gleichwie Knospen und Blüten am fortwachsenden Baume, hervortreten; dass indes in einer solchen Betrachtungsweise eine hohe, ja man darf wohl sagen, die höchste Aufgabe aller historischen Forschung liege, wird bei sorgfältigem Nachdenken nicht verkannt werden können. So viel hiervon war jedoch an diesem Orte nur zu erwähnen, um genauer zu bezeichnen, in welchem Sinne wir hier noch einige Gedanken über Goethe anzuschließen beabsichtigt haben.

Gewiss ist es aber, der Dichter – er, der diesen Namen wahrhaft verdient – der große Dichter – steht überhaupt in einem eigentümlichen und sehr merkwürdigen Verhältnisse zur Menschheit. Selten und einzeln nur aus der breiten insignifianten Menge auftauchend, erscheint in ihm auf wunderbare Weise ein vergeistigtes Abbild der mit ihm lebenden Menschheit, und die Bestrebungen wie die Schmerzen, die Erduldungen wie die Freuden seiner Zeit, seines Volkes, klingen auf geheimnisvolle Weise in seinen Werken wider. – So spiegelt etwa unter seltnen günstigen Verhältnissen, aber freilich nur als vergängliches Luftbild, die Fata morgana die schönen Küsten Siziliens mit Bergen und Orangengärten in erwärmten höhern Dunstschichten ab – während im Dichter das eigentümlich verklärte Bild seinerzeit noch den spätesten Geschlechtern deutlich bewahrt wird. – Oder wäre es etwa nicht an dem, dass mehr als in allem andern, was sonst aus hellenischem Altertum zu uns gekommen ist, im Homer und in den großen Tragikern die Blüte griechischen Volkslebens uns bewahrt ist, dass aus Dante und aus Bojardo und Ariost die sublime geistige wie die frische und heitere Schönheit des mittelalterlichen Italiens immer noch deutlich zu uns herüberleuchtet, und dass das grundkatholische Rittertum des alten Spaniens am schönsten nur im Calderon widergespiegelt erscheint, während aller Humor und aller Ernst, alle Tatkraft und aller Tiefsinn von Alt-England im Shakespeare immer noch so verklärt und gegenständlich vor uns steht, als wäre das alles wirklich noch jetzt auf jener seltsamen Insel einheimisch, dort, wo doch jetzt Maschinenwesen und Politik, Eisenbahnen und Puritanersekten von jenem Alt-England so blutwenig übrig gelassen haben. –

Wie also könnte es möglich sein, dass Goethe so groß als Dichter wäre, und dass nicht in ihm ein sublimiertes Bild seiner Zeit und seines Volkes erscheinen sollte! Gilt es doch nicht bloß vom Schauspiel, sondern vom echten Dichter überhaupt, was Shakespeare sagt: »Es sei sein Zweck, der Natur gleichsam den Spiegel vorzuhalten, der Tugend ihre eignen Züge, der Schmach ihr eignes Bild, und dem Jahrhundert und Körper der Zeit den Abdruck seiner Gestalt zu zeigen.« – Es ist übrigens genug darüber geschrieben und gesprochen worden, wie eigentümlich das Verhältnis sei, in welchem der Deutsche gegenüber seinen Nachbarvölkern erscheine, nur müssen wir freilich dabei festhalten, wie verschieden solch ein Volkscharakter zu verschiedenen Zeiten sich gestaltet. Der alte Deutsche, wie ihn Cäsar und Tacitus schildern, war so ein wesentlich anderer als der des Mittelalters, und so tut sich auch schon in der Generation dieses Jahrhunderts wieder eine Physiognomie hervor, die von der des vorigen Jahrhunderts, wie ich oben bemerklich machte, gar wesentlich abweicht. Was aber überall dem Deutschen eignet, ist: in der Gefühlssphäre das tiefere, innigere Gemüt, in der Sphäre der Intelligenz das Streben nach Universalität und Tiefe und in der Willensregung eine besondere Tenazität und ein gewisser Kosmopolitismus der Tat. – Gerade hierdurch haben Deutsche sich überall leichter das Fremde angeeignet, gerade hierdurch haben sie es tiefer empfunden oft als die Fremden selbst, gerade hierdurch haben sie sich aber auch häufig zerstreut, und gerade hierdurch erscheinen sie selbst nicht als ein Volk, sondern als Volk von Völkern. –

In allen diesen Beziehungen gibt Goethe zu vielfältigen Betrachtungen Anlass. – Zuerst was das Aneignen des Fremden betrifft, so steht er unbedingt da als die merkwürdigste Erscheinung der Dichterwelt.– Wir haben unsterbliche Werke von Griechen, von Italienern, von Spaniern und von Engländern – aber jeder blieb durch und durch entweder Grieche, Italiener, Spanier oder Engländer, während Goethe bald auf eine Weise in das griechische Altertum tauchte, dass in Reinheit der Form und Nationalität der Charaktere wir uns mitten unter den großen Tragikern zu befinden glauben, bald hinwiederum in den Orient hinüberzog, dass wir ihn in der Karawane als einen zweiten Hafis erblicken und die wunderbarsten durchaus morgenländischen Klänge von ihm vernehmen. Darunter klingen dann wieder Gedichte so sehr gegen deutsche Vorzeit hingeneigt, dass wir versucht sein könnten, sie dem Hans Sachs zuzuschreiben, während andererseits seine orphischen Verse und wissenschaftlichen Gedichte der Zeit selbst vorauszueilen scheinen und philosophische Tiefe mit einer Schönheit deutscher Diktion vereinigen, dass wir darin eine ganz eigentlich auf Schauen der Wahrheit gegründete höhere und echt germanische Poesie nicht verkennen können. – Doch nicht minder als dieser Kosmopolitismus und als diese Universalität ist das tiefinnige deutsche Gemüt sein unbeschränktes Eigentum. – Solange deutsche Herzen sich regen, werden die Jugendgedichte Goethes ein unbestreitbarer Schatz deutscher Literatur bleiben. Seine Lieder »an den Mond«, sein »Nachgefühl«, seine »Neue Liebe, neues Leben«, sein »Mailied« und so viel ähnliche sind tief in das Herz des Volkes gedrungen, während wieder das ungeheuerste Werk seines Geistes – sein Faust – alle tief gewurzelte philosophische Bestrebung – alle Sehnsucht der Erkenntnis – alle Qualen des Durstes nach Wissen dergestalt zeichnet, dass gerade hierin ein den deutschen Geist so scharf Charakterisierendes, ein so für alle Zeit als durchaus deutsch Erscheinendes sich darstellt, dass wir es wohl vergleichen dürfen den großen alten Domen, den Werken echt deutscher herrlicher Baukunst. Mag man nun zu alle diesem Glänzenden auch die schwächeren Seiten der Erscheinung hinzunehmen, ein gewisser, mitunter wirklich fast altreichsstädtischer Pedantismus, eine im Notfall ziemlich steife Repräsentation, und endlich die volle deutsche Tenazität an einmal tief aufgefassten wissenschaftlichen, ästhetischen oder politischen Grundsätzen – so dürfen wir wohl uns vollkommen berechtigt halten, in Goethe das sublimierte Bild alles Deutschtums aus den letzten Dezennien des achtzehnten Jahrhunderts deutlichst anzuerkennen. Und doch bei alledem ist es seltsam genug! Der größte deutsche Dichter – er, der ebenso gewiss nach Jahrhunderten ein echtes Denkmal deutschen Zustandes auf der Grenze des achtzehnten und neunzehnten Jahrhunderts sein wird, als Shakespeare uns ein Spiegelbild englischen Zustandes auf der Grenze des sechzehnten und siebzehnten Jahrhunderts bleibt – er, der so ganz eigentlich als poetische Blüte aus der besonderen Blätterfülle Deutschlands hervorgewachsen ist – er wird in der jetzigen deutschen Welt großenteils für einen undeutschen Dichter gehalten, er wird – weil ihm – ihm, der im Egmont meisterhafter als irgendein neuerer Dichter das demokratische Prinzip dem monarchischen gegenüberstellte – die demokratisch-konstitutionellen Richtungen des Tages fremd scheinen, fast als verschollen und abgetan ausgerufen!

Seltsam! – Und wie denn das Leben seine Wogen so gleich dem großen Golfstrom des Atlantischen Ozeans immer in wunderlichen Kreisen so fort und fort zieht, und wie unmerklich die eine Richtung hinwiederum die andere gebiert, so kam denn auch in Goethe selbst zuweilen eine hypochondrische Stimmung vor, die ihn wieder gewissermaßen an seiner Wirkung auf Deutschland verzweifeln ließ. – Jenes Epigramm hat mir immer als der entschiedenste Ausdruck hiervon gegolten, wo es heißt:

»Vieles hab ich, versucht, gezeichnet, in Kupfer gesto-
chen,
Öl gemalt, in Ton hab ich auch manches gedruckt,
Unbeständig jedoch, und nichts gelernt noch geleistet;
Nur ein einzig Talent bracht ich der Meisterschaft nah:
Deutsch zu schreiben. Und so verderb ich unglückli-
cher                                                    Dichter
In dem schlechtesten Stoff leider nun Leben und
Kunst.«

Das alles schadet aber nichts! – Goethe bleibt für
Deutschland unverloren und Deutschland für ihn! Es
war seine Bedeutung für die Menschheit, das poetische
Element seines Volkes und seiner Zeit in höherer Kon-
zentration darzustellen,– so zieht der konvex geschliffe-
ne Kristall das zerstreute Licht in den leuchtenden
Brennpunkt zusammen – und wie sehr dies poetische
Luftbild oder Lichtbild wieder rückstrahlend auf die
Menschheit gewirkt hat, zeigt sich in tausendfachen
Richtungen, ja diese Wirkung ist noch nicht beschlossen,
sondern sie klingt fort und fort, und wie Shakespeare
und wie die Griechen noch nach Jahrhunderten und
Jahrtausenden auf so unzählige feiner organisierte Gemüter wirken, so hat Goethes Wirkung eigentlich nur
erst angehoben, aber von Beendigung kann nach irgendeinem Zeitmaße durchaus nicht die Rede sein. – Es ist
überhaupt mit Bestimmtheit auszusprechen: Die Wirkung eines wahrhaft großen Dichtergeistes sei durchaus
ganz unberechenbar! – Wer will denn sagen, was alles in
dem Gange der Weltgeschichte nach solchen Einflüssen
sich umgestaltet habe! Was in einzelnen tatkräftig ein-
wirkenden Geistern bald die Griechen, bald Dante, bald

Shakespeare angeregt oder geschaffen haben können!–
Hätte Alexander seine großen Züge durch Asien vollführt, ohne dass Homers Gesang vom Achill ihn begeis-
terte! – Und unfehlbar, je feiner, intelligenter und sensib-
ler das fortschreitende Zeitalter die Menschheit gestaltet,
umso mächtiger muss die Einwirkung der Poesie werden! – Schon das, was man im eigentlichen Sinne des
Wortes die Stimme der Menschheit nennen kann, die
Sprache (denn die ursprüngliche Stimme des Einzelnen
ist eigentlich nur der Laut) wird wesentlicher durch
Dichter als durch Gelehrte fortgebildet; – und wie außerordentlich ist die Einwirkung Goethes auf die Sprache deutschen Menschheitsstammes! – Gleich Dante,
welchem die italienische Sprache ihre höhere innere
Ausbildung verdankt, hat Goethe, aber weit vielseitiger,
auf die deutsche Sprache gewirkt. Welche Masse neuer
Wortformen und tief poetisch erfasster Wortzusammen-
setzungen, wie viel neu versuchter oder durch ihn zuerst in ihr Recht eingesetzter Dichtungsweisen! Und wie
groß die Einwirkung auf andere Dichter, ja in dieser
Hinsicht selbst auf Schiller, durch welche alle sodann
der innere Reichtum und die feine Gefügigkeit der Sprache dergestalt vermehrt wurde, dass in unseren Tagen
die Rede fast von selbst sich zum Gedichte rundete und
Schiller ganz recht hat (obwohl es ganz vergebens gesagt
ist), dem Dilettanten zuzurufen:

»Weil ein Vers dir gelingt in einer gebildeten
Sprache,
Die für dich dichtet und denkt, glaubst du schon
Dichter zu sein?« –

Wollen wir dies alles beachten, so wird Goethes mächtige Einwirkung auf Menschheitleben klar genug vor uns liegen und in ihrer inneren organischen Notwendigkeit erkannt sein. Natürlich meinen wir damit gar nicht, dass sie deshalb in allen Einzelnen eine durchaus fördernde und wohltuende gewesen sei, wie etwa von Homer und von Sophokles gesagt werden könnte! – Der Moderne wird sich immer dadurch von dem Antiken unterscheiden, dass mehr Krankheit mit unterläuft, dass viele Wirkungen von krankhaften Zuständen ausgehen! – Wer wollte behaupten, dass die Einwirkung des Werther auf die Masse eine überall veredelnde und beglückende gewesen sei? – Selbst die Wahlverwandtschaften wirkten mehr stoffartig und aufregend, als, wie sie sollten, zum tiefern Nachdenken über Lebensverhältnisse leitend – und so hoch auch der Standpunkt war, auf welchen der Faust die Mitlebenden führen sollte, so haben doch vielleicht Tausende mehr Verzweiflung als Förderung daraus schöpfen müssen. Dafür haben andere Tausende wieder höchstes Genügen, Freudigkeit des Daseins und Anregung zu reinem Bestrebungen diesem merkwürdigen Geiste zu danken, und wenn uns jetzt dieses alles deutlicher geworden ist, so möchten wir vielleicht nur darüber unsern Gedanken Raum geben, dass wir zu verfolgen versuchen, wie das Bewusstsein dieser weitverbreiteten Wirkung auf Goethe selbst eigentümlich rückgewirkt habe. – Begreifen kann man vielleicht diese Wirkung am besten, wenn man von dem Gegensatze ausgeht, das heißt, wenn man die Stimmung beachtet, wie sie in so manchen unserer Tagesschriftsteller herrscht, welche gleich den Epheme-

ren in den warmen Abenden des Augustmonats nur vo-
rübergehend die Luft erfüllen, um dann rettungslos dem
Lethe, wie diese Ephemeren den Fischen der Flüsse, zur
Beute zu werden. In ihnen mischt sich auf seltsame Weise die Bitterkeit der Empfindung einer raschen Vergäng-
lichkeit mit der Süßigkeit der Eitelkeit, ein augenblickli-
ches Aufsehen erzeugt zu haben, und so entstand dann
leicht ein Missbehagen im Ganzen, welches durch Unzu-
friedenheit, zerrissenes Wesen und eine gewisse feindliche Gesinnung gegen Menschen und zunächst gegen ihr
Vaterland und ihre Verhältnisse sich kundgibt. – So vieler sogenannter Weltschmerz unserer Tage hat nur diesen zweideutigen Ursprung! – Von dergleichen krankhaften Gefühlen hat nun der Kern Goethescher Poesie
und Goetheschen Lebens sich durchaus frei erhalten! –
Die schöne Milde seines höheren Alters, die Klarheit
und das Braminenhafte feiner Lebensweisheit hielten
ihn in einer andern und höhern Region. Er fühlte es,
dass die Glückseligkeit, die er in jungen Jahren sich er-
sehnt hatte, »*mit den Besten seiner Zeit gelebt*« und ihnen
wahrhaft Genüge getan zu haben, ihm im Alter im vollen Maße zuteilgeworden sei, und dies gibt ihm jene
Ruhe, jene Heiterkeit des Daseins und Wirkens, welche
der Menschheit aus seinen Werken noch in späte Zeiten
sich fühlbar machen kann, ja für immer sich fühlbar machen wird.

Es ist, um diese eigentümliche Stimmung auf der letzten Höhe des Lebens recht zu verdeutlichen, erst kürzlich noch ein sehr merkwürdiger Beitrag in einem Goetheschen Briefe uns zu Händen gekommen. Dieser Brief,
geschrieben an Wilhelm von Humboldt noch nicht ganz

vier Monate vor seinem (Goethes) Tode, enthält folgende merkwürdige Stelle:

> *Darf ich mich im alten Zutrauen ausdrücken, so gesteh ich gern, dass in meinen hohen Jahren mir alles mehr und mehr historisch wird; ob etwas in der vergangenen Zeit, in fernen Reichen, oder mir ganz nah räumlich im Augenblicke vorgeht, ist ganz eins, ja ich erscheine mir selbst immer mehr und mehr geschichtlich; und da mir meine gute Tochter abends den Plutarch vorliest, so komm ich mir oft lächerlich vor, wenn ich meine Biografie in dieser Art und Sinn erzählen sollte.* « [4]

In diesen wenigen Worten liegt ein sehr großer – ich möchte sagen, ein in gewisser Beziehung übermenschlicher Sinn! – Wie man von wahrhaft großen Werken sagen darf: »Sie seien zeitlos« – im recht eigentlichen Gegensatz zu denen, welche vom Tage geboren, auch sofort vom Abend verschlungen werden, und welche durch und durch zeitlich genannt werden müssen, so tritt auch hier in einem gelegenheitlichen Briefe plötzlich aus der Tiefe der Seele eines auf Erden vollkommen gereiften Genius ein Gedanke hervor, von welchem wir deshalb sagen müssen, er greife über das gewöhnliche Menschliche hinaus, weil er diesen Menschen gewahren lässt, als einen aus Zeit und Raum Hinausgerückten, als einen Seienden und doch nicht bloß in der Gegenwart Seienden, sondern einen das Gefühl der Ewigkeit in sich Aufnehmenden, als einen Einzelnen und doch zugleich als eine Gesamtheit, als einen tief in sich Schauenden und doch zugleich als einen Außersichseienden. – Der-

---

[4] Der Brief ist abgedruckt in der neuen Jenaischen allgem. Lit.-Zeitung 2. Jahrg. Nr. 2 zum 3. Jan. 1843.

gleichen geschieht aber immer nur auf der Höhe der Menschheit. – Ich hatte kaum jenen Brief Goethes gelesen, als mir etwas ganz Ähnliches aus einem Briefe Mozarts in die Gedanken kam; dieser sagt, als er von seiner Art zu komponieren an einen Gönner schreibt: »Das erhitzt mir nun die Seele (nämlich die halb unwillkürliche Ansammlung musikalischer Gedanken) da wird es immer größer; und ich breite es immer weiter und heller aus; und das Ding wird im Kopfe wahrlich fast fertig, wenn es auch lang ist, sodass ichs hernach mit einem Blick, gleichsam wie ein schönes Bild oder einen hübschen Menschen im Geist übersehe, und es auch gar nicht nacheinander, wie es hernach kommen muss, in der Einbildung höre, sondern wie gleich alles zusammen.« [5] – Wie hier in der Seele Mozarts das Zeitlose sich geltend macht, indem es ihm die Möglichkeit gibt, Melodien, welche eigentlich nur in einer gewissen Zeit am Geiste vorüberzugehen pflegen, auf einmal, und wie ein einziges harmonisches Moment zu erfassen, so ist dort in der Seele Goethes dasselbe Moment wirksam, um ihm die Möglichkeit zu geben, sich vollkommen innerhalb der Idee der Menschheit zu empfinden. – Gerade in dieser Beziehung daher durfte ich jenen Brief als einen sehr merkwürdigen Beitrag ansehen für das, was mich hier eben beschäftigen sollte –nämlich Goethes Beziehung zur Menschheit zur hellern Anschauung zu bringen; und gewiss, denkt man jener merkwürdigen Stelle recht nach, so wird man darin ein Gefühl des Aufgehens in der Menschheit gewahr, welches zwar einem wahrhaft großen und zum vollen Bewusstsein der Le-

---

5 Musikalische Zeitung 1815. Nr. 34

bensreife gekommenen Geiste niemals fehlen kann und auch wohl nie wirklich gefehlt hat, von welchem aber doch vielleicht gesagt werden darf, dass es noch nie auf diese eigentümlich klare und doch fast bewusstlose Weise ausgesprochen worden ist, als eben in jenen Worten von Goethe.

Ich beschließe hiermit die Betrachtungen, welche zur Vervollständigung eines Bildes von Goethes eigentümlichen Wesen ich meinen Lesern vorzuführen die innere Nötigung empfunden hatte. – Ich fürchte nicht, dass in irgendeinem, der dem Sinne dieser Schilderungen aufmerksam nachgegangen ist, der Gedanke aufsteigen könnte, es solle hier nur von Lobpreisungen und von einem willkürlichen Anhäufen rühmender Prädikate die Rede sein; – nein! – ich habe ihn zu schildern versucht, wie ich als Naturforscher gewohnt bin, irgendein bedeutendes organisches Wesen – eine Pflanze, eine Palme, einen Adler, einen Löwen – zu betrachten und schildernd darzustellen; d. h., ich habe zu zeigen versucht, was »Er« geworden und wie er gerade »Das« werden konnte. – Wir sind nicht gewohnt, in naturwissenschaftlichen Darlegungen uns ausführlich auch darüber auszulassen, was ein Geschöpf nicht geworden ist und was es eben seiner Natur nach nicht sein konnte, und so würde ich es auch für eine sehr unnütze Arbeit halten, hier darauf einzugehen, dass gezeigt werde, was Goethe nicht geworden ist, dass er kein großer Mathematiker, dass er kein großer Zeichner war, dass er kein großer Jurist geworden, dass er kirchlichen Ansichten nicht in dem Sinne der Theologen zugetan war, und dergleichen mehr. – Ebenso wenig bemühen wir uns, in Naturbeschreibungen zu zeigen, warum der Adler nicht die Augen vom Vogel Minervens hat, und warum der Eichbaum keine Palme ist, sondern wir halten uns befriedigt, wenn von jedem Wesen gezeigt wurde, wie es entstanden, welches die eigentümliche Gliederung seines Baues sei und worin die wunderbare und eigenschöne Harmonie besteht, vermöge welcher es gerade zu dem wurde, als was es uns in seiner Vollendung erscheint. – So also – ganz rein physiologisch – und nur von der Freude erfüllt, welche es uns eben immer gewähren muss, eine einen besondern Gottgedanken rein verwirklichende Persönlichkeit zu betrachten – habe ich Goethe schildern wollen und so habe ich ihn geschildert. Dass die Menschennatur eine bedeutende sein musste, welche im zwanzigsten Jahre schon den Faust begann, welche im vierundzwanzigsten den Werther und im fünfundzwanzigsten den Götz von Berlichingen vollendete, und aus welcher vor dem zwanzigsten Jahre schon Sachen wie die Mitschuldigen hervorgegangen waren, konnte freilich hierbei nicht unausgesprochen bleiben, aber von einer Absicht, ihn zu loben, fühle ich mich dabei vollkommen frei. – Ich darf vielmehr sagen: Ich habe bei diesen Zergliederungen und bei diesem Anschauen, womit manche stille, einem bewegten Leben oft nur mühsam abgewonnene Stunde ausgefüllt wurde, in Wahrheit ganz die Freude empfunden, die mir sooft geworden, wenn ich einer merkwürdigen Pflanzenbildung, einer feinen und seltsamen Tierentwicklung mit Treue und Sorgfalt nachspürte; eine Freude, die bei solchen Dingen, gleichwie bei der wunderbaren Natur Goethes, zuletzt nur darin begründet sein kann, dass in beiden dasselbe Waltende, Webende und Schaffende erkannt und beseligend empfunden werden muss, nämlich der auf solche Weise sich verkörpernde und zeitlich hier unbewusst, dort mit Bewusstsein sich darlebende Gedanke eines und desselben höchsten göttlichen Urwesens.

## V. Vom Verständnis der Werke Goethes aus dem Verständnis seiner Individualität

Mit Recht sagte mir einstens ein Freund: »Man erkennt doch die Gesinnung und die Art eines Menschen unserer Zeit und unseres Landes nicht leichter, als wenn man Achtung gibt, wie er von Goethe, von seinen Werken und seinem Leben zu denken und zu empfinden pflegt.« – Gewiss! Wer aufmerksam um sich blicken will, wird vielfältigst hiervon Belege sammeln können.– Jener Obenerwähnte, der über Goethe sagen konnte: »Da war doch Reinhardt ein ganz anderer Mann«, mochte in seinem Sinne es ganz recht meinen, aber unwillkürlich hatte er in diesen Worten auch die schärfste Kritik oder Charakteristik von seinem eignen Innern gegeben; und hätten wohl Leute wie Nicolai oder Kotzebue oder Pustkuchen sich entschiedener in ihrer Blöße zeigen können, als in der Art, wie sie über Goethe sprachen? – Geht man nun solchen Erscheinungen auf den Grund, so findet man bald, dass nur durch das Verhältnis von Individualität zu Individualität zuhöchst darüber entschieden wird, ob die Werke eines Geistes uns anmuten sollen oder nicht. – Unbewusst und geheim und unwillkürlich zieht an oder stößt ab die eine Individualität die andere, und je nachdem dieses Grundverhältnis sich gestaltet, wirken die Taten und die Werke des einen Geistes auf den andern, werden verstanden und beglücken oder bleiben unbegriffen und erregen Missfallen und entschiedenen Widerwillen. Hierbei ist jedoch zu bemerken, dass jenes Verhältnis von Individualität zu Individualität durchaus nicht als ein unbedingt festes, als ein unabänderliches betrachtet werden darf; zuweilen beruht es auch hier nur auf zurzeit noch nicht kongruenten Entwicklungsstufen, wenn das Verhältnis als ein unharmonisches erscheint, und schreitet in der einen Individualität die Entwicklung weiter und setzt sich in das rechte Verhältnis zur andern höhern, so stellt die Harmonie sich unmittelbar her. So wird man häufigst gewahr, dass auch reicher begabte Personen in jungen Jahren von den Produktionen des Schillerschen Geistes sich unbedingt angezogen und von Goethe sich abgestoßen finden, weil das ungeduldig Treibende, Drängende ihres innern Wesens der strebenden Individualität Schillers sich verwandter fühlen muss als der klaren und befriedigten Goethes, während doch späterhin, wenn ihre Individualität selbst eine höhere Reife erlangt hat, in gleichem Maße der Reiz und die Schönheit der Goetheschen Produktionen sich mehr und mehr ihnen vernehmbar und geltend machen wird. – So bleibt also zuletzt allerdings das Näherstehen und Verstehen der Individualität eines Verfassers der wahre und eigentliche Schlüssel zu seinen Werken; und man bemüht sich vergebens, jemand die Produktionen eines Geistes zu empfehlen und zu preisen, steht er nicht schon durch sein Wesen in einem gewissen Rapport zu diesem Geiste, oder ist es nicht möglich, ihn selbst der Individualität desselben allmählich näher zu führen.

So auch sollen denn diese Betrachtungen hoffentlich in manchem, indem sie ihm die Individualität Goethes deutlicher machen, das Verständnis seiner Werke und die Freude an denselben fördern; ja ich will es nicht verhehlen, dass, seit ich mich mit größerer Ausführlichkeit damit beschäftigt habe, das besondere Sein dieses merkwürdigen Geistes mir selbst deutlicher zu machen, auch vieles in seinen Werken mir vernehmlicher und schöner erschienen ist. Manche Gedanken, die mir in solcher Beziehung gekommen sind, noch in etwas nähere Besprechung zu nehmen, wird den Gegenstand des Folgenden darstellen! – Ist es doch jedenfalls etwas sehr Wichtiges und Bedeutendes, zuzunehmen in der Freude an der Schönheit und Größe einer jeden Äußerung, welche wahrhaft und notwendig aus einem echten göttlichen Urquell dringt! – Der begeisterten Liebe fähig zu sein, der hingebenden Bewunderung für alles, was, sei es in freier Natur oder in ihrer geheimsten Werkstatt, sei es in harmonischem großem Gedankenzuge des Denkers oder in der Fülle poetisch reiner Empfindungen des Dichters und Künstlers, ein Höheres und Ewiges im zeitlichen Leben verkündet, bleibt unfehlbar eine der beglückendsten Gaben, die uns in diesem Dasein zuteilwerden können! – Ein Jammer ist es, um sich zu sehen und gewahr zu werden, welche Masse menschlicher Naturen mitten in reicher Gelegenheit zu solcher Begeisterung und Freudigkeit und oft mit bedeutender Anlage dazu im trivialsten Treiben des Tages eingeklemmt und festgehalten, schmachtet und sich sehnt und von der Nichtigkeit ihres Mühens und Sorgens, und oft mehr von der Schalheit ihrer Freuden als von der Heftigkeit ihrer Leiden gepeinigt wird! – Ihnen fehlt meistens entweder die Möglichkeit einer selbstkräftigen Erfassung oder die Gelegenheit des Hingeleitetwerdens zu dem Erkennen des wahrhaft Großen und Mächtigen! – Wer fähig ist, in die Betrachtung der Natur oder in die eines einzelnen mächtigen Genius sich so zu versenken, dass er das wahrhaft erfahren kann, was wir oben »das Außersichsein« nannten und eben als die eigentümliche Seelenentwicklung der Liebe bezeichneten, wie kann dem das triviale Getriebe des täglichen Lebens, wie können ihn vereitelte Hoffnungen, entwichene Neigung, Widerwärtigkeit der Verhältnisse an seinem bessern Selbst schaden, wie können sie ihm die Freude am Leben verleiden! – Das Glück der Begeisterung, das Außersichsein legt sich wie eine schirmende Aegis der Minerva über ihn und gibt ihm eine Weihe, ein inneres Genügen und eine irdische Seligkeit, die ihm oft genug beneidet werden würde, wenn die in das Treiben des Tages versunkenen Menschen fähig wären, sie zu verstehen.

Eben darum also ist es nichts Geringes, einem wahrhaft großen Geiste näherzutreten, sich sein Wesen deutlich zu machen und daran zu arbeiten, ihn von allen Seiten immer vollkommener zu erfassen! – Es ist so schön, was Schiller zum Dichter vom Jupiter sagen lässt, wenn er sich beklagt, alle Güter der Erde seien vergeben und ihm sei nichts dort zu fordern übrig geblieben:

»Willst du in meinem Himmel mit mir leben –
So oft du kommst – er soll dir offen sein!«

Aber dasselbe sagt wieder der Dichter, dasselbe sagt eigentlich jede große in sich tüchtig vollendete menschliche Individualität, dasselbe sagt die freie schöne Natur zu jedem Menschen, dessen Gemüt ihn eben fähig macht, einem solchen Rufe zu folgen, und so steht denn auch in den Werken Goethes ein solches Tor geöffnet für die, welche als würdige Gäste eintreten wollen, und vielleicht kann manches der hier niedergelegten Worte als eine ganz gute Einladung zu diesem Eintreten dienen; ja wenn es uns gelingt, noch etwas deutlicher zu zeigen, wie die merkwürdigsten seiner Werke in so eigentümlichem, innerem und notwendigem Verhältnisse mit der eigensten Individualität seines Geistes stehen, so wird hierzu wohl immer noch mehr der Weg gebahnt.

Vielleicht werden übrigens hierbei die Schriften, welche er uns in Prosa hinterlassen hat, noch mehr in Betrachtung zu nehmen sein als die Gedichte! – Sagte er doch selbst einmal ein gar gutes Wort über den Wert der Prosa! – Man sehe die Stelle in Eckermanns Gesprächen, wo es heißt: »Hieran knüpften sich manche Betrachtungen über die Produktionen unserer neuesten jungen Dichter, und es ward bemerkt, dass fast keiner von ihnen mit einer guten Prosa aufgetreten. – Die Sache ist einfach, sagte Goethe. Um Prosa zu schreiben, muss man etwas zu sagen haben; wer aber nichts zu sagen hat, der kann doch Verse und Reime machen, wo dann ein Wort das andere gibt und zuletzt etwas herauskommt, das zwar nichts ist, aber doch aussieht, als wäre es was.«

Freilich wissen wir, dass auf die Gedichte Goethes dieses Wort gewiss am wenigsten passt – (wir müssten etwa einige Karlsbader Gedichte an Potentaten und dergleichen ausnehmen) sie sind aber auch Gedichte im höchsten Sinne und sie würden ebendarum von der poetischen Form entkleidet und in Prosa übertragen, ebenfalls Gedichte bleiben – denn er hatte etwas zu sagen! – Doch ist es merkwürdig, dass er auch an andern Stellen offenbar deshalb, weil er mehr und mehr fühlen lernte, dass eigentlich nur die Individualität des Geistes, das heißt die größere Entwicklung dessen, was ich den spirituellen Organismus der Seele nenne, und die Betätigung davon in minder oder mehr mächtigen Gedanken das wahrhafte Maß der Persönlichkeit sein könne, auf das Hervortreiben einzelner poetischer Blüten nicht mehr den außerordentlichen Wert legte, den man gerade von dem Dichter angenommen erwarten sollte. Auch dieses letztere erschien ihm späterhin mehr in seiner gewissen organischen Notwendigkeit, wie etwa der Durchgangspunkt der Jugendfrische, den jedes nicht gerade verkümmerte Individuum doch einmal durchläuft und der doch eigentlich an und für sich mit aller Rundung und Feinheit seiner Form noch nicht die wahre Schönheit des Individuums bestimmt. – So sagt er daher einmal zu Eckermann:

*»Ich sehe immer mehr, dass die Poesie ein Gemeingut der Menschheit ist, und dass sie überall und zu allen Zeiten in Hunderten und aber Hunderten von Menschen hervortritt. Einer macht es ein wenig besser als der andere, das ist alles. Der Herr von Matthisson muss nicht denken, er wäre es, und ich muss nicht denken, ich wäre es, sondern jeder muss sich eben sagen, dass es mit der poetischen Gabe eben keine so seltene Sache sei, und dass niemand eben besondere Ursache habe, sich viel darauf einzubilden, wenn er ein gutes Gedicht macht. Aber freilich, wenn wir Deutschen nicht aus dem engen Kreise unsrer eignen Umge-*

*bung hinausblicken, so kommen wir gar zu leicht in diesen
pedantischen Dünkel. Ich sehe mich daher gerne bei fremden Nationen um und rate jedem, es auch seinerseits zu
tun. – National-Literatur will jetzt nicht viel sagen, die
Epoche der Weltliteratur ist an der Zeit und jeder muss
jetzt dazu wirken, diese Epoche zu beschleunigen. Aber
auch bei solcher Schätzung des Ausländischen dürfen wir
nicht bei etwas Besonderem haften bleiben und dieses für
musterhaft ansehen wollen. Wir müssen nicht denken, das
Chinesische wäre es oder das Serbische oder Calderon oder
die Nibelungen; sondern im Bedürfnis von etwas Muster-
haftem müssen wir immer zu den alten Griechen zurück-
gehen, in deren Werken stets der schöne Mensch dargestellt ist. Alles Übrige müssen wir nur historisch betrachten und das Gute, soweit es gehen will, uns daraus aneignen.«*

Diese Stelle gibt überhaupt viel zu denken und kann in
mancher Beziehung als eine Parallele zu jenem Frag-
ment eines Briefes an Wilhelm von Humboldt betrachtet
werden, so eigentümlich objektiv, so ganz historisch erscheint hier der Sprechende. Gegenwärtig haben wir sie
jedoch zunächst nur deshalb aufgeführt, um noch eine
Bestätigung mehr dafür zu geben, dass die prosaischen
Produktionen von uns besonders ins Auge gefasst zu
werden verdienen, wenn wir das Verhältnis Goethes zu
seinen Werken noch einer besonderen Betrachtung zu
unterwerfen beabsichtigen.

Vielleicht werden denn auch diese weitern Gedanken
am besten eingeleitet, wenn ich hier eine merkwürdige
Stelle aushebe aus einem Briefe des trefflichen, zu früh

verstorbenen Zoëga [6]  ; er schreibt: »Der Mensch hat nur eine edle, hohe, wahre Bestimmung, die Fülle des Genusses in der Wirksamkeit, wenn der Geist vom Himmel auf uns fällt, die Feuerseele, heilig und allgewaltig, Funke zur ewigen Flamme, dass der Trieb selbst Zweck ist, der Kampf selbst Siegeskrone. All das übrige ist Sklavenarbeit, ohne die Freude der Ernte, Mühe ohne Dank, Hingeben sich selbst und seine Kraft um das, was nichts ist. – Ein Wesen, das nicht alles ist, was es sein kann, nicht in der geraden unwankenden Richtung es zu werden, ist nichts, stets im Gefühl des Überdrusses und der Zernichtung.« –

In diesen seltsam großartigen Aussprüchen des im Hauche klassischen Altertums herangebildeten Zoëga scheint mir das erste Geheimnis berührt, welches im Verhältnis Goethes zu seinen Werken sich verbirgt; es heißt: die organische Notwendigkeit ihrer Hervorbringung – frei von allen Rücksichten auf Äußerliches, Weltliches, Zeitliches. –

Um zuerst ein paar Worte vom Gegenteil zu sagen von dem, was Zoëga »Sklavenarbeit« nennt – so erstreckt sich das weiter und vergiftet namentlich die moderne Literatur mehr, als man auf den ersten Blick glaubt. Wahrhaftig! Sollte man heraussuchen aus der ganzen Flut literarischer Produktionen eines Dezenniums, was frei und rein bloß um seiner selbst willen und abgesehen von allem äußern Vorteil und Gewinn ans Licht tritt, die Zahlen würden ausnehmend zusammenschmelzen! – Kaum ist es zu sagen, auf wie viele es wirkt, dass es gegenwär-

---

6 Zoëgas Leben von Welker. 1. Bd. S. 217

tig leicht mit irdischen Vorteilen verbunden sein kann, eine wissenschaftliche oder dichterische Produktion ans Licht zu stellen! – Ich kann namentlich nicht einen der modernen Unterhaltungs-Schriftsteller von England aufschlagen (ich tue es allerdings höchst selten und mag und kann es auch nicht öfter) ohne zu empfinden, dass die zu reichlichen Honorare Londons in der verwünschten Breite und Wässerigkeit, mit welcher dergleichen Lieblingsautoren ihre geringfügigsten Schilderungen überschwemmen, auf das Lästigste sich geltend machen dergestalt, dass oft ein mäßig guter Gedanke, wie Gummi elastikum durch ein angehängtes Gewicht, in eine allen Saft und alle Kraft verlierende Länge und Dünne ausgezogen werden muss. Indes auch Deutschlands Schriftsteller sind von dergleichen nicht frei, und es begegnet zuweilen auf das Unangenehmste an Stellen, wo man es am wenigsten erwartet hätte, der Gedanke, dass ein Buch um die Hälfte kürzer sein könnte, wäre der Verfasser nicht zu Streckversuchen durch einen irdischen Vorteil verlockt worden. – Am meisten reinigt sich jedenfalls die echt wissenschaftliche Literatur bei uns von dergleichen, denn hier sind wir in Wahrheit dahin gekommen (freilich wieder für das Interesse des Volkes kein günstiges Omen!), dass die bedeutendsten Produktionen gewöhnlich auch nur mit bedeutenden Opfern der Verfasser ans Licht zu gelangen imstande sind.

Nun also von Sklavenarbeit dieser Art ist in Goethe glücklicherweise auch nicht die leiseste Spur, im Gegenteil sind die Schicksale seiner frühern literarischen Angelegenheiten die wunderlichsten. Sachen, die, wie der

Götz, der Werther, die ersten Gedichte, die Metamorphose der Pflanzen, späterhin das Erstaunen der gebildeten Welt erregten, kamen nur schwer und nie zu irgend erheblichem Vorteil des Verfassers ans Licht, ja, das sechzehnte Buch von Wahrheit und Dichtung erzählt mit gutem Humor, wie ein Berliner Buchhändler einst hinter seinem Rücken eine Ausgabe seiner frühern Werke veranstaltete und sich dann erbot, ihm etwas Berliner Porzellan dafür senden zu wollen. – Es ist gar hübsch, wie er hieran folgende Betrachtungen anknüpft, welche, wenn irgend so unrechtmäßiges Verfahren eine Bitterkeit hätte erzeugen können, allein hinreichend waren, dieselbe für immer zu verscheuchen. – Er sagt nämlich: »*Sehr angenehm war mir, zu denken, dass ich für wirkliche Dienste von den Menschen auch reellen Lohn fordern, jene liebliche Naturgabe* (nämlich der poetischen Produktion) *dagegen als ein Heiliges uneigennützig auszuspenden fortfahren dürfte.*« – Zu alledem gehört nun auch die schöne wohlhabige Existenz, welche dem Dichter vom Schicksale zuteilgeworden war, aber bei alledem ist die Freude daran, eine so liebliche Naturgabe als ein Heiliges uneigennützig ausspenden zu können, ein sehr schöner Zug in dem Verhältnis des Autors zu seinen Werken. – Gleich Tasso mochte Goethe sagen:

> »Ich halte diesen Drang vergeblich auf,
> Der Tag und Nacht in meinem Busen wechselt;
> Wenn ich nicht sinnen oder dichten soll,
> So ist das Leben mir kein Leben mehr.
> Verbiete du dem Seidenwurm zu spinnen,
> Wenn er sich schon dem Tode näher spinnt.
> Das köstliche Geweb' entwickelt er

Aus seinem Innersten und lässt nicht ab,
Bis er in seinen Sarg sich eingeschlossen.«

Und das ist es, was wir die organische Notwendigkeit der Hervorbringung dieser Werke nannten.

Das zweite Geheimnis im Verhältnis Goethes zu seinen Werken verbirgt sich in der merkwürdigen und so sehr zum Vollständigen anstrebenden Widerspiegelung seines gesamten Wesens in denselben. – Bei der Schilderung von seiner Individualität und der Gesundheit derselben hatte ich bemerkt, dass eine solche sich durchaus bedingt finde in seiner Abstammung von so gesunden, in ihrer eigentümlichen Art tüchtigen Eltern – ich sagte, ihn könne man in Wahrheit das nennen, was von so vielen andern nur zum Scheine gesagt wird – einen Wohlgebornen. Dasselbe gilt denn auch von seinen Werken im Verhältnis zu ihrem Erzeuger; – sie sind einesteils nur so tiefsinnig, eigenschön und vielbedeutsam, weil sie abstammen von einer so nachhaltigen und großen Natur, als die Goethes war, andernteils aber, wo sie schwächer und unzureichend erscheinen, geben sie auch den Ausdruck schwächerer, für diese Individualität ursprünglich nicht bestimmten Seiten. – Dies sind Verhältnisse, die sich keineswegs immer so rein darstellen. Es begegnet oft genug, dass sehr markvolle Naturen durch wunderliche Verhältnisse verlockt und nicht durch reinere Lebenskunst geleitet, Produktionen zutage fördern, welche offenbar weit geringer und dürftiger sind, als man sie von diesem Stamme hätte erwarten können, und so umgekehrt bringen wieder schwächere Naturen, wenn sie mit großer Umsicht und Beharrlichkeit immerfort nach einem Ziele streben, zuweilen Arbeiten hervor, die, wenn auch weniger durch Genialität, dagegen aber durch höhere innere Zweckmäßigkeit, Nützlichkeit und Reichhaltigkeit irgendeinem Bedürfnisse der Menschheit wirklich abhelfen und so von bleibendem Werte genannt zu werden verdienen. – Wo dagegen beides wahrhaft im Einklange sich befindet, wo das Erzeugte allerdings den Erzeuger vollständig abspiegeln soll, da ist dann auch eigentlich eine Unendlichkeit von Produktionen notwendig gefordert. Bedenken wir nämlich, dass jedwede menschliche Individualität erst gesetzt wird durch die besondere Idee eines Göttlichen, dass sie eben dadurch partizipiert an dem Wesen des Ewigen, und dass ihr Sich-Darleben im Endlichen deshalb eigentlich nur als eine unendliche Reihe von Erscheinungen angemessen ausgedrückt werden kann, so ergibt sich auch daraus die Nötigung, dass die Produktionen, welche eine solche Individualität in der Zeit abspiegeln sollen, durchaus eine unendliche Reihe bilden müssen. – Je reicher daher der Geist, desto vielfältiger notwendig seine Produktionen, und so vielfältig und reich daher Goethes literarische Produktionen waren, so geht doch schon aus dem Obigen hervor, dass sie durchaus immer noch nicht das Wesen dieser Individualität vollständig abspiegeln konnten. – Je länger er deshalb hätte leben und wirken können, desto mehr und desto verschiedenartiger hätten seine Produktionen werden müssen, und in Wahrheit scheint es uns immer noch, als wenn sie fortwährend an Menge und Verschiedenartigkeit zunähmen, da immer noch von Zeit zu Zeit aus der Menge seiner brieflichen Mitteilungen oder aus den für die erste Zeit nach seinem

Tode sekretierten Papieren Sachen zutage kommen, welche das Erstaunen des befreundeten Lesers vermehren und erhöhen müssen. – Ist es doch sonderbar, dass selbst von den längstgedruckten Werken eigentlich bisher nur weniges in die Masse deutscher Nation eingegangen ist! – Man sehe sich doch um, man frage im Kreise seiner Bekannten! – und wie viele werden denn sein, welche außer den großen lang bekannten klassischen Werken noch etwas von den hundertfältigen einzelnen oft so gewichtigen und charakteristischen Mitteilungen kennen? – Wie viele kennen das, was er »Urworte, orphisch« nannte, wie viele den Aufsatz »Natur, aphoristisch«, wie viele die »Maximen und Reflexionen«, wie viele die verschiedenen, oft sehr merkwürdigen Rezensionen, wie viele den Inhalt der morphologischen und naturwissenschaftlichen Hefte? usw. – und plötzlich taucht dann im Zeitenstrome eine Mitteilung auf, die noch gar nicht in den gedruckten Werken bekannt war, wie wir denn zum Beispiel den merkwürdigen, erst ganz neuerlich in der Jenaischen Literaturzeitung mitgeteilten Brief Goethes an W. v. Humboldt und die von Herrn Eckermann im Hansa-Album niedergelegten Aussprüche Goethes über geistige Produktivität zu den außerordentlichsten Früchten rechnen müssen, welche uns irgend von diesem Baume zugekommen sind.

Und wie schön ist es, dabei nun die bestimmte Überzeugung zu haben: In allem diesem hatte er sich immer noch lange nicht ausgesprochen! – Jetzt wird man erst verstehen, was der Sinn ist jener merkwürdigen Zeile, die im Diwan stellt:

*»Dass du nicht enden kannst, das macht dich groß!«*

So aber geht es auch dem liebevollen Betrachtenden! –
Wie der Naturforscher, der sich nur ein Naturgebiet, sei-
en es die Moose oder die Tange, oder die Palmen oder
die Basalte, oder die Petrefakten zum Vorwurfe und zur
Lebensaufgabe gemacht hat, nie fertig werden kann, wie
immer und immer Neues ihm sich darbietet, weil eben
jedes jener Gebiete ein Unendliches ist, so ist es auch mit
dem, der eine, man darf auch sagen, physiologische Betrachtung irgendeiner ausgezeichneten menschlichen
Individualität sich als ein würdiges Ziel vorgesetzt hat;
er kann auch nicht enden, er findet immer und immer
neues noch Unerforschtes, noch nicht hinlänglich Entwi-
ckeltes, und in diesem Falle sehe ich jetzt mich selbst. –
Meine Bestrebung, Goethe in solchem Maße physiologisch zu erfassen und zu schildern, möchte leichtlich
mich ganz ins Ungemessene führen, wenn ich nicht
selbst gewisse Schranken mir zu setzen Bedacht nehmen
müsste. Indem ich daher von den mannigfaltigsten Gegenständen und Richtungen auf diesem Felde für jetzt
freiwillig absehe – Gegenstände, unter denen namentlich
der früher schon durch einige Briefe von mir erläuterte
Faust mich lebhaftest anzieht, ohne dass ich ihm doch
hier ein weiteres Recht einräumen darf – will ich mir nur
erlauben, noch zwei Reihen von Gedanken als Schluss
dieser sämtlichen Betrachtungen folgen zu lassen: Die
eine soll etwas spezieller darüber sich verbreiten, wie
die innere Gesinnung Goethes über Natur und Naturforschung, von welcher wir weiter oben im Ganzen ge-
handelt haben, im Einzelnen in seinen Werken sich ab-
zuspiegeln pflegte; die andere darüber, wie und wo das,
was ich die höhere Lebenskunst nannte und welche man

in einem Manne, der im hohen Alter mit solcher Klarheit und Schönheit zu leben vermochte, wohl zu studieren Ursache hat, in seinen Schriften sich am deutlichsten offenbart.

Reden wir daher zuerst von seiner Art und Weise über Natur – über das Schauen des unendlichen, ewigen Werdenden sich mitzuteilen, so führt uns dies gleich zu den merkwürdigsten, ja für all unsre Verhältnisse in Wissenschaft und lebendigem Dasein wichtigsten Gegenständen. – Der Mensch, der – selbst zum Teil Naturerscheinung – inmitten tausendfältiger Naturerscheinungen lebt, sich entwickelt, tut und leidet, ihm kann es keineswegs für sein Leben und sein Tun gleichgültig sein, wie er die Natur anschaut. Wer ihr nachgeht wie das Kind dem Regenbogen, um das alles, was er für ein Festes, Beharrendes, in sich Stetiges nimmt, sich als solches anzueignen und festzuhalten, der wird durch das ewige Entweichen, ewige Verwandeln, ewige Vernichten und Entstehen in einer tantalischen Qual fort und fort gehalten werden. – So selbst so viele Forscher der Natur! – Oft waren sie bemüht, nur überall Schranken zu ziehen, Abteilungen aufzurichten, das Bewegliche als ein Unbewegliches, Starres zu aufmerksamer Betrachtung sich gegenüberzustellen, und doch! Ehe sie es sich versahen, hatte es sich wieder verwandelt, war wieder ein anderes geworden, und wenn sie das Gewordene nun wirklich einige Zeit mindestens scheinbar unverändert sich zu erhalten vermeinten, so mussten sie sich wieder sagen, dass immer das eigentliche Werden aus diesem Gewordenen doch nicht begriffen werden konnte. Das führte dann vielerlei Missmut herbei und man begab sich dann endlich überhaupt der Meinung, dass etwas wirklich gewusst werden könne, und nicht ohne eine gewisse Bitterkeit zitierte man dann den alten, wohlbekannten Spruch:

»Ins Innere der Natur
Dringt kein erschaffner Geist.«

Ganz anders ist es dem, der den Mut hat, die Natur wirklich nur in ihrem Wandel – nur als das, was eigentlich das Wort Natur selbst bedeutet – als das Werdende zu erfassen; ihm geht darin mehr und mehr die Freude des Schauens auf – nicht das Gewordene, das ewige Werden ist ihm Ziel der Betrachtung und unversiegbarer Quell immer neuer Erkenntnis und immer neuer Bewunderung. – Nicht wie das Kind den Regenbogen will er das Werdende festhalten und als ein Bleibendes sich aneignen, sondern wie der Mann an der schönen Erscheinung der Iris in ihrem Wandel sich schauend erfreut, so fühlt er sich im Werdenden selbst immer mit werden und fühlt umso mehr nun eines als ein Bleibendes, ja als ein Ewiges, nämlich in sich den göttlichen Funken, den Geist. – Von Goethe ist in diesem Sinne daher zu sagen, er sei mehr ein die Natur Schauender als ein die Natur Erforschender; und wirklich ist hiermit sowohl die Stärke als die Schwäche seiner naturwissenschaftlichen Schriften angedeutet. –

Diese stete Richtung auf das Schauen des Werdenden ist es übrigens, die sich bei Goethe nicht bloß in seinen eigentlichen naturwissenschaftlichen Schriften, sondern auch sonst an vielen Orten auf das Deutlichste und auf das Merkwürdigste ausspricht. – Wüssten die Menschen nur dieses recht herauszufinden, sich recht eigen zu machen, wie viel Trauer um das Entfliehende, ja Zerstörende in der Natur, um das Unstetige und Flüchtige im menschlichen Dasein würde sich ihnen mildern und wie viel reiner würde ihre Freude am Leben sein! – Ich kann nicht umhin, hier eine Stelle aus den morphologischen Heften einzuschalten, welche das, was wir gegenwärtig im Sinne haben, auf das Deutlichste vor Augen legt; er sagt:

*»Der Deutsche hat für den Komplex des Daseins eines wirklichen Wesens das Wort Gestalt. Er abstrahiert bei diesem Ausdrucke von dem Beweglichen, er nimmt an, dass ein Zusammengehöriges festgestellt, abgeschlossen und in seinem Charakter fixiert sei.*

*Betrachten wir aber alle Gestalten, besonders die organischen, so finden wir, dass nirgend ein Bestehendes, nirgend ein Ruhendes, ein Abgeschlossenes vorkommt, sondern dass vielmehr alles in einer steten Bewegung schwanke. Daher unsre Sprache das Wort Bildung sowohl von dem Hervorgebrachten als von dem Hervorgebrachtwerdenden gehörig genug zu brauchen pflegt.*

*Wollen wir also eine Morphologie einleiten, so dürfen wir nicht von Gestalt sprechen; sondern wenn wir das Wort brauchen, uns allenfalls dabei nur die Idee, den Begriff oder ein in der Erfahrung nur für den Augenblick Festgehaltenes denken.*

*Das Gebildete wird sogleich wieder umgebildet, und wir haben uns, wenn wir einigermaßen zum lebendigen Anschauen der Natur gelangen wollen, selbst so beweglich und bildsam zu erhalten, nach dem Beispiele, mit dem sie uns vorgeht.«*

Man muss freilich, um recht den Tiefsinn und das Folgenreiche dieser Worte anzuerkennen, eigentlich näher bekannt sein mit vielen in der Wissenschaft seit alter Zeit festgewurzelten Begriffen, man muss sich damit abgequält haben, wie unerfreulich und erfolglos es bleibt, wenn das Lebendige aufgefasst werden soll als die Verbindung eines Starren, Toten, in sich nur gleichsam Verschiebbaren, keineswegs sich fort und fort Erneuernden, und einer hinzugedachten sogenannten Lebenskraft, einem Deux ex machina, welcher auf eine ganz unbekannte Weise jenes Tote bewegen sollte, wie etwa die Spiralfeder in der Uhr die vorher stillstehenden Räder.

Nun hat der Mensch aber eine solche Neigung, stabil zu werden, er findet es großenteils so bequem, sich dem ewig Beweglichen zu entziehen und an ein, seiner Meinung nach doch wohl wenigstens eine gewisse Zeit Beharrendes sich festzuhalten, dass eine besondere innere und äußere Begünstigung und Befähigung dazu gehört, von dieser Neigung sich freizumachen und durchaus an das Werden und nicht an das Gewordene sich zu halten. Leider findet daher auch in den meisten Schriften unsrer Naturforscher mehr die stabile als die fortschreitende Ansicht ihre Verteidiger; und nur die neueste Zeit, welche überall auf ein genetisches Verfahren, überall auf Studium der Entwicklungsgeschichte hindrängt, hat sich hier in vieler Beziehung lebendiger und geistiger gezeigt.

Ich sagte nun, dass bei Goethe hingegen nicht nur dieses fortgesetzte und bewundernde Schauen des Werdenden seine doch verhältnismäßig wenigen naturwissenschaftlichen Arbeiten durchdringe und belebe, sondern dass es auch sonst sich vielfältig fruchtbar erwiesen habe. – Es sei mir erlaubt, hier nur als einen Beweis jenes treffliche Gedicht »Dauer im Wechsel« anzuführen, welches zu reichen Kommentaren in dieser Beziehung die vollkommenste Gelegenheit darbietet; dort heißt es:

> *»Du nun selbst! Was felsenfeste*
> *Sich vor dir hervorgetan,*
> *Mauern siehst du und Paläste*
> *Stets mit andern Augen an.*
> *Weggeschwunden ist die Lippe,*
> *Die im Kusse sonst genas,*
> *Jener Fuß, der an der Klippe*
> *Sich mit Gämsenfreche maß.*
>
> *Jene Hand, die gern und milde*
> *Sich bewegte wohlzutun,*
> *Das gegliederte Gebilde,*
> *Alles ist ein andres nun.*
> *Und was sich an jener Stelle*
> *Nun mit deinem Namen nennt,*
> *Kam herbei, wie eine Welle,*
> *Und so eilt's zum Element.*
>
> *Lass den Anfang mit dem Ende*
> *Sich in Eins zusammenziehn!*
> *Schneller als die Gegenstände*
> *Selber dich vorüberfliehn.*
> *Denke, dass die Gunst der Musen*
> *Unvergängliches verheißt,*
> *Den Gehalt in deinem Busen*
> *Und die Form in deinem Geist.«*

Ist nun hier in Poesie, oben in Prosa eine schöne und höchst folgenreiche Entwicklung der Goetheschen Naturanschauung als das Schauen eines unendlich fort Werdenden, Mannigfaltigen, sich immerfort Bildenden deutlichst ausgesprochen, so führt mich dieses alsbald wieder zu andern merkwürdigen Äußerungen Goethescher Gesinnungen, wie sie über Naturbetrachtung in seinen Schriften sich dargelegt finden; ich meine die Verhütung und das stete Protestieren gegen Einseitigkeit in jeder, auch der sonst wahrhaftigsten Richtung. – Es lag nämlich in ihm eine so durchdringende Ehrfurcht gegen die unendliche Vielseitigkeit der Natur, dass er nie verkannte, dass auch die stringenteste und scharfsinnigste Anschauungsweise derselben, sobald sie zur ganz ausschließenden und alleinigen sich erheben wollte, über die rechte Mitte hinausschlagen und ins Abstruse sich verlieren müsse. – Auch hieraus erwuchs ihm dann eine eigentümliche und abermals für alle Lebensverhältnisse höchst bedeutungsvolle Weisheit im Anschauen der Welt. – Gibt es doch ein gewisses höheres Bedürfnis von Gleichgewicht in der Seele des reifern Menschen, welches ihn am besten dagegen schützt, nach einer Seite hin in irgendein Extrem zu verfallen, welches ihn dazu drängt, immer dem Streben nach einer Richtung, wenn es übermächtig und alles beherrschend zu werden droht, das Streben nach einer andern Richtung beschwichtigend entgegenzustellen, und welches, indem es zwischen Metaphysischem und Physischem, zwischen Himmlischem und Irdischem, zwischen Leiblichem und Geistigem, wie zwischen verschiedenen szientifischen oder ethischen Tendenzen auf eine gewisse höhere Mitte dringt, wesentlich zur Gesundheit unsres Daseins beiträgt. – Hiervon finden sich nun sogar in Bezug auf jene vorherrschende metamorphologische Richtung Goethes merkwürdige Belege. So heißt es in seinen naturwissenschaftlichen Heften einmal:

*»Die Idee der Metamorphose ist eine höchst ehrwürdige, aber zugleich höchst gefährliche Gabe von oben. Sie führt ins Formlose; zerstört das Wissen, löst es auf. Sie ist gleich der vis centrifuga und würde sich ins Unendliche verlieren, wäre ihr nicht ein Gegengewicht zugegeben: ich meine den Spezifikationstrieb, das zähe Beharrlichkeitsvermögen dessen, was einmal zur Wirklichkeitgekommen. Eine vis centripeta, welcher in ihrem tiefsten Grunde keine Äußerlichkeit etwas anhaben kann.*

*Da nun beide Kräfte zugleich wirken, so müssten wir sie auch bei didaktischer Überlieferung zugleich darstellen, welches unmöglich scheint. Vielleicht retten wir uns nicht aus dieser Verlegenheit, als abermals durch ein künstliches Verfahren: Vergleichung mit den natürlich immer fortschreitenden Tönen und der in die Oktaven eingeengten gleichschwebenden Temperatur; wodurch eine entschieden durchgreifende höhere Musik, zum Trutz der Natur, eigentlich erst möglich wird.«*

Dasselbe Gefühl des Hingedrängtwerdens nach einer Art von gleichschwebender Temperatur zwischen verschiedenartig fortschreitenden Momenten brachte ihn bei einer andern Gelegenheit, wo er den entschiedenen Gegensatz seiner Ansicht gegen eine andere fühlte, zum Niederschreiben folgender Stelle:

*»Hierbei musste bei mir eine milde, gewissermaßen versatile Stimmung entstehen, welche das angenehme Gefühl gibt, uns zwischen zwei entgegengesetzten Meinungen hin und her zu*

*wiegen und vielleicht bei keiner zu verharren. Wir verdoppeln dadurch gleichsam unsere Persönlichkeit.«*

Kurzum auch in dieser Beziehung weht in den Schriften Goethes ein gewisses Ebenmaß, eine Biegsamkeit und innere Lebendigkeit, welche ihn fähig macht, bei dem entschiedensten Beruf für die eine Richtung, doch auch für die Eigentümlichkeiten und wie irgend bedingten Wahrheiten einer andern nicht verschlossen zu sein, eine Eigenschaft, die so vielen Menschen und insbesondere auch so vielen forschenden Gelehrten wohl zu wünschen wäre. – Und so bleiben dem aufmerksamen Leser in seinen naturwissenschaftlichen Arbeiten noch so manche Seiten übrig, welche ihm besonderes Nachdenken abnötigen. Möge das alles jedoch für jetzt auf sich beruhen, und nur ein in diese Reihenfolge gehöriges Werk will ich noch, und zwar wegen seiner höchst merkwürdigen, ganz eigentümlichen, sibyllinischen Natur, zu einer besondern Erwähnung auswählen; es ist der Aufsatz aus dem Jahre 1780, welcher überschrieben ist: »Natur«. – Er gehört zu denen, welche auch noch im ganzen wenig gekannt sind, und ich muss daher zuvor daraus einige der prägnantesten Stellen ausheben, um sogleich einen lebendigen Begriff dieser merkwürdigen Rhapsodien möglich zu machen. – Er beginnt:

*»Natur! Wir sind von ihr umgeben und umschlungen – unvermögend, aus ihr herauszutreten und unvermögend, tiefer in sie hineinzukommen. Ungebeten und ungewarnt nimmt sie uns in den Kreislauf ihres Tanzes auf und treibt sich mit uns fort, bis wir ermüdet sind und ihrem Arm entfallen.*

*Sie schafft ewig neue Gestalten; was da ist, war noch nie, was war, kommt nicht weder – alles ist neu und doch immer das Alte.*

*Wir leben mitten in ihr und sind ihr fremd. Sie spricht unaufhörlich mit uns und verrät uns ihr Geheimnis nicht. Wir wirken beständig auf sie und haben doch keine Gewalt über sie.*

*Sie scheint alles auf Individualität angelegt zu haben und macht sich nichts aus den Individuen. Sie baut immer und zerstört immer, und ihre Werkstätte ist unzugänglich.*

*– Es ist ein ewiges Leben, Werden und Bewegen in ihr, und doch rückt sie nicht weiter. Sie verwandelt sich ewig und ist kein Moment Stillestehen in ihr. Fürs Bleiben hat sie keinen Begriff, und ihren Fluch hat sie ans Stillestehen gehängt. Sie ist fest. Ihr Tritt ist gemessen, ihre Ausnahmen selten, ihre Gesetze unwandelbar.*

*Gedacht hat sie und sinnt beständig; aber nicht als ein Mensch, sondern als Natur. Sie hat sich einen eignen allumfassenden Sinn vorbehalten, den ihr niemand abmerken kann.*

*– Sie hat keine Sprache noch Rede, aber sie schafft Zungen und Herzen, durch die sie fühlt und spricht.*

*Ihre Krone ist die Liebe. Nur durch sie kommt man ihr nahe. Sie macht Klüfte zwischen allen Wesen, und alles will sie verschlingen. Sie hat alles isoliert, um alles zusammenzuziehen. Durch ein paar Züge aus dem Becher der Liebe hält sie für ein Leben voll Mühe schadlos.*

*– Sie ist ganz und doch immer unvollendet. So wie sie's treibt, kann sie's immer treiben.*

*Jedem erscheint sie in einer eignen Gestalt. Sie verbirgt sich in tausend Namen und Termen und ist immer dieselbe.«*

Dieser merkwürdige Aufsatz, von dem ich hier nur den kleinern Teil mitteile, ist erst spät abgedruckt worden, und der erste, mit dem ich mich über das Tiefbedeutende desselben aussprach, war Alexander v. Humboldt. Ebenso wie mir war ihm, dem Manne großartiger Naturbetrachtung, dieses Dokument als eins der wichtigsten auf diesem Felde erschienen; – und gewiss! Man lese das Ganze! Man folge sinnend den merkwürdigen sibyllinischen Blättern und man wird ungefähr die Empfindung haben, als stände da ein mächtiger Geist am endlos dahinflutenden Nebelmeere eines ewigen Werdenden und fasste es mächtig und bildete daraus die große Gestalt einer Physis oder Hekate. – Pythiaartig und wunderbar, selbst bis auf das Einzelne der Wortstellungen, erscheint der Ausdruck in diesen Sätzen, und merkwürdig bleibt es, dass Goethe selbst in hohen Jahren, das heißt 50 Jahre nach der Entstehung jener Rhapsodie, nicht mehr ganz in das geheimnisvolle und ursprüngliche Tiefe derselben eingehen konnte, sondern es nur, wie er sagt, als einen Komparativ gegen den Superlativ einer späterhin gewonnenen Naturanschauung gelten lassen wollte. – Seltsam sogar, dass er jenes Frühere als ein Pantheistisches darstellt, da es sich doch eigentlich im ganzen nur um die konkrete und menschliche Auffassung eines Abstrakten und Übermenschlichen hier handelt. –

An solchen Dingen kann man recht gewahr werden, dass selbst der schön und großartig die Natur Schauende doch in diesem Schauen selbst rastlos ein andrer wird, im Grunde freilich wesentlich derselbe bleibend; dass er aber unvermerkt selbst wieder mit andern Augen sieht, mit andern Ohren hört, ja mit andern Hirnfibern denkt und dass auch in ihm »kein Moment Stillstehen« ist. – Wohl ihm! Wenn in allen diesen Verwandlungen das eine wesentlich Bleibende in ihm doch in eigentümlicher Energie sich fortwährend erhebt und dem ewigen Urquell aller Ideen mehr und mehr sich annähert. – Die Aufgabe dessen, was wir Lebenskunst nannten, war es ja, eben dieser Annäherung zum Höchsten durch eine besonnene Leitung des Lebens, soweit diese von dem eignen Daimon und nicht von der Tyche und Anangke abhängt, Beförderung und Folge zu geben, und so führt uns dies zu der zweiten hier gestellten Aufgabe, nämlich am Schluss noch gerade in dieser Beziehung einen Blick auf die Schriften eines Mannes zu werfen, deren Verfasser wir oben selbst als einen Meister in der Lebenskunst bezeichnen durften. Hat er doch das Meisterstück geliefert, wodurch sich der reine Abschluss der Lehrjahre erprobt – nämlich das Kunstwerk eines großen erfahrungsreichen Lebens rein hinaufgebildet bis in die schneeige Region des hohen Mannesalters, und zwar mit Klarheit des Bewusstseins, mit Wärme der Empfindung und mit Milde der Gesinnung und Tat.

Was kann aber in dieser Beziehung merkwürdiger sein, als dass er sich getrieben fand, schon in erster Jugend des Mannes (etwa 30 Jahre alt) den Gedanken zu fassen und schriftlich abzubilden von der Geschichte der Lehrjahre eines männlichen Lebens! – Es liegt für mich in dieser Nötigung eines so bedeutenden Geistes, das Bild einer andern menschlichen Entwicklung mit dieser Deutlichkeit für sich aufzuzeichnen und auszuführen etwas psychologisch äußerst wichtiges! – zumal da nun wieder das gezeichnete Bild ein so ganz anderes ist als das des Verfassers! – es kann ja kaum einen größern Abstand geben als den Charakter eines Wilhelm Meister und den eines Goethe! – Alles so anders und doch nun wieder in beiden dieses Fortführen von Stufe zu Stufe! – Wo hier fast alles von außen hineingebildet und zu mehr leidendem Leben entwickelt wird, da ist dort alles von innen heraus strebend und zu einem durchaus produktiven Leben sich entfaltend! – die vielfältigsten Parallelen und die vielfältigsten Widersprüche lassen sich hier nachweisen! – Gewiss! Es gibt zu vielen eigentümlichen Gedanken Veranlassung, wenn man den Wilhelm Meister –das an sich so interessante Werk, in welchem die prosaische Schreibart Goethes zuerst vollkommen ausgebildet hervortrat, einmal bloß in Beziehung auf Goethe selbst durchgehen will, ja wie wichtig dann die Fortsetzung desselben, das Buch der Wanderjahre wird, zumal wenn wir bedenken, dass gerade dieses nun insbesondere auf das früher besprochene Prinzip der Entsagung sich gründet, bedarf alsdann kaum der Bemerkung. – Was uns betrifft, so glauben wir den Schlüssel zu dem geheimen Grunde, welcher Goethe nötigte, auf diese Weise sich schriftlich auszusprechen, darin zu finden, dass ein solches bewusstloses Objektivieren, gleichwie es ihn zwang, alle die wunderlichen Verhältnisse eines sich durchbildenden und entwickelnden männlichen Lebens überhaupt zur hellsten Gegenständlichkeit zu bringen, so auch allein ihn selbst zu größerer Klarheit führen und in der eigentlichen Lebenskunst wahrhaft fördern konnte, in der Kunst, welche insbesondere völlig unbewusst und einzig geleitet vom Daimon geübt zu haben, von Goethe ganz besonders ausgesagt werden muss. – Ist doch der Name dieser Kunst, wie überhaupt noch wenig, so von ihm noch gar nicht genannt worden! –

Da ich aber hier des Daimon gedenke, so führt mich dies auf ein anderes – dem Umfange nach zwar viel kleineres, aber dem Gehalte nach durchaus nicht geringeres Werk für Lebenskunst, dessen denn sogleich noch mit wenigen Worten zu erwähnen sein wird. Es wurde dasselbe zuerst, insoweit es Gedicht ist, in den Heften zur Naturwissenschaft mitgeteilt unter dem Namen *»Urworte – orphisch«*, späterhin durch interponierte Prosa erläutert, und Goethe sagt mit Recht von ihm: *»Diese wenigen Strophen enthalten viel Bedeutendes in einer Folge, die, wenn man sie erst kennt, dem Geiste die wichtigsten Betrachtungen erleichtert.«* – Der Gedankengang ist der, dass die fünf Momente, welche den Gang und die Leitung des Lebens wesentlich bestimmen, jedes auf eigentümliche Weise, in schöner poetischer Form zusammengestellt werden, woraus sich dann eine Übersicht ergibt, wie das, was uns so ganz nur eins scheint, doch durch so gar Verschiedenartiges influenziert wird. –

Zuerst wird hier aufgeführt das eigentlich Individuellste am Menschen – die Grundidee seines Daseins – als der Daimon:

> *»Nach dem Gesetz, wonach du angetreten,*
> *So musst du sein – dir kannst du nicht entfliehn.«*

Hierauf folgt die Tyche – das Zufällige –, zeigend, wie der Mensch mitten im Getriebe einer höchst komplizierten Welt, auf das Mannigfaltigste von außen berührt, affiziert und in seinem Wesen bald hie, bald da bedeutend modifiziert wird; denn:

>*Nicht einsam bleibst du, bildest dich gesellig.*«

Weiter aber tritt heran als drittes Moment, um das unter der scheinbar zufälligen Einwirkung einer mannigfaltigen Welt sich entwickelnde Individuum nun heftiger aufzuregen: der Eros – die Liebe in ihren mannigfaltigsten Formen von leisester Neigung bis zur heftigsten Leidenschaft. – Hier erscheint sogleich der Kampf des individuellen Daimon gegen ein Fremdes, der Neigung sich Entgegenstellendes, oft in der merkwürdigsten Weise, und wie hier die Lebenskunst zwischen Entsagung und Hingebung in die schwierigsten Wahlen geführt werden kann, davon ist oben genugsam die Rede gewesen. – Die Strophe schließt:

>*Gar manches Herz verschwebt im Allgemeinen,*
>*Doch widmet sich das Edelste dem Einen.*«

Indes nicht bloß solche innere Nötigung bewegt den Menschen und erregt Streit mit dem Daimon, auch von außen, ja von daher ganz besonders kommt ihm Bestimmung und Zwang, und hiermit erscheint das vierte Moment für Leben und Lebenskunst – die Anangke, die Nötigung:

>*Da ist's denn wieder, wie die Sterne wollten,*
>*Bedingung und Gesetz und aller Wille*
>*Ist nur ein Wollen, weil wir eben sollten*
>*Und vor dem Willen schweigt die Willkür stille;*
>*Das Liebste wird vom Herzen weggescholten.*«

Goethe sagt mit Recht: »*Niemand ist, dem nicht Erfahrung genügsame Noten zu einem solchen Text darreichte, und gar mancher, der verzweifeln möchte, wenn ihn die Gegenwart also gefangen hält.*«

So würde es denn zuletzt wirklich dem Leben an einem gewissen Gleichgewichte und Troste fehlen, wenn nicht das fünfte Lebenselement - Elpis -, die Hoffnung erschiene:

> »*Ein Wesen regt sich leicht und ungezügelt;*
> *Aus Wolkendecke, Nebel, Regenschauer*
> *Erhebt sie uns, mit ihr, durch sie beflügelt;*
> *Ihr kennt sie wohl, sie schwärmt nach allen Zonen.*
> *Ein Flügelschlag und hinter uns Äonen.*«

Mit dieser Aussicht in ein Unendliches schließt sich also die Reihe dieser fünf inneren Momente des Lebens, und die Lebenskunst hat somit eine deutlichere Aufgabe; indem das Individuum, wenn es darüber klar geworden, was dem Zufälligen, was der inneren Neigung und was dem Zwange von außen angehört, sobald ihm eben überhaupt ein höchstes Ziel wirklich vorschwebt, jetzt bei Weitem richtiger ermessen wird, wo zu leiden und wo zu handeln gut und notwendig erscheint.

Es führt aber allerdings zu den weitgreifendsten Betrachtungen, wenn man auf diesem Wege bei Goethe weiter geht und gewahr wird, dass allerdings überall hervorleuchtet, wie die rechte Ausbildung seines Lebens - die Lebenskunst - ihn eigentlich viel tiefer beschäftigte als alles andere - ja, wie dieses andere vielmehr durchaus Blüten waren, welche frei und leicht von selbst hervortrieben, während jenes ernste Werk unaufhaltsam,

mit Mühe und Auf Opferung und rein absichtlich fortge-
führt wurde. – Folgende Stelle, obwohl zunächst in anderer Beziehung mitgeteilt, werden wir ganz hierher
ziehen dürfen; sie heißt: »*In meiner besten Zeit sagten mir
öfters Freunde, die mich freilich kennen mussten: Was ich lebte, sei besser als was ich spreche, dieses besser als was ich
schreibe, und das Geschriebene besser als das Gedruckte.*« Er
rechnet diese Äußerung zu den Bemerkungen gelassen
beobachtender Freunde, welche, weil sie das innerste
mystische Leben berühren, oftmals gefährlich werden
könnten, indem sie mitunter zu wirken pflegen wie der
Namensruf auf den über Höhen hinsteigenden Nacht-
wandler. Gewiss abermals ein merkwürdiges und be-
ziehungsreiches Wort! – ein Wort, welches wieder
dadurch eine eigentümliche Seite des Lebens und der
Lebenskunst anspricht, dass wir in ihm ein wichtiges
rein menschliches Verhältnis angedeutet finden, welches
wir vielleicht am kürzesten als »Gesetz des Geheimnis-
ses« bezeichnen dürfen, und welches für Goethe, wie für
jede tiefere Natur, stets ein sehr wichtiges gewesen ist. –
Wie nämlich auch in der physiologischen Geschichte der
Organismen erkannt werden kann, dass die wichtigsten
Lebensverhältnisse derselben, das heißt die wunderbaren Vorgänge, durch welche sie entstehen, sich fortbilden und vermehren, dergestalt ins Verborgene gebracht
sind, dass nur mit dem ausdauerndsten Fleiße, mit Anwendung größten Scharfsinns und mithilfe mannigfaltiger künstlicher Apparate es dem Forscher gelingen
konnte, nach und nach einiges davon zu enthüllen, während das Ganze derselben zu jenem Verborgenen gehört,
welches schon im Altertume als die nie zu entschleiern-

de Isis verehrt wurde, so liegt auch im spirituellen Organismus – in der Seele des Menschen, eine Region des Mysteriums, welche einen eigenen geheimen Tempeldienst, eine stille innere Weihe fordert, wenn von ihr aus so das äußere weltliche Leben durchdrungen und erwärmt werden soll, wie von der verborgenen inneren Glut des Planeten das Leben an seiner Außenfläche. – Wehe dem! Der diese Mysterien verkennt – wer sie entweder vergisst und völlig ins Unbewusstsein versinken lässt, oder wer sie mit frevelnder Hand berührt und in das gewöhnliche Treiben des Tages dahingibt. – Um das, was die höchste Aufgabe des Sich-Darlebens der Idee unseres Daseins ist, um das Wachstum der Energie dieser Idee, wird er sich unbedingt gebracht haben!

Folgt man der Lebensentwicklung von Goethe, so findet man überall die deutlichsten Spuren einer gewissen Ehrfurcht gegen das innere Mysterium und auch darin ein Dokument seiner Lebenskunst. – Schon als Knabe, wenn er dem unbekannten Gott den Altar erbaut, entsteht in ihm eine stille Freudigkeit dadurch, dass jeder andere in diesem Altar nur eine wohlgeordnete Mineraliensammlung erblickt; und auch späterhin sagt er manches schöne, bald ernste, bald humoristische Wort darüber. Man könnte zu den letzteren die Stelle rechnen, wo es heißt: »*Die Geheimnisse der Lebenspfade darf und kann man nicht offenbaren, es gibt Steine des Anstoßes, über die ein jeder Wanderer stolpern muss. Der Poet aber deutet auf die Stelle hin.*« – Eine gewisse Ehrfurcht gegen das

*»Was von Menschen nicht gewusst*
*Oder nicht bedacht*

*Durch das Labyrinth der Brust*
*Wandelt in der Nacht«*

durchdringt Goethe überall so mächtig, dass ich mich oft gewundert habe, warum er in den Wanderjahren, da, wo von Erziehung die Rede ist, und wo er so schön sagt, es sei das Wichtigste, dass im Menschen drei Ehrfurchten entwickelt würden, die Ehrfurcht gegen das, was über uns ist, gegen das, was neben uns ist und gegen das, was unter uns ist, – warum, sage ich, er da nicht noch die vierte hinzugefügt hat, welche, wie mir scheint, eigentlich die Bedingung aller andern werden muss: nämlich die Ehrfurcht gegen das Mysterium, das in uns ist.

Das Außerordentliche jedoch, was über die Kunst, das Leben zu erkennen und zu leiten, in Goethes Schriften gefunden wird, enthalten jedenfalls die »Maximen und Reflexionen« – kurze Sätze in sechs Abteilungen gebracht – und über die mannigfaltigsten Zustände sich verbreitend.

Dass ein so mächtiger poetischer Geist – ein Geist, aus welchem der Tasso und der Faust, der Götz und die Iphigenia hervorgehen konnten, sich schon in jungen Jahren – mehr aber im höhern Alter – während noch Dichtungen wie der Diwan reiften – gedrungen fühlte, die Resultate der Betrachtungen des Lebens, völlig als ein Weiser der alten Zeit, in Hunderten von vielfach durchdachten Sprüchen niederzulegen, ist auch eine Erscheinung, die in ihrer Merkwürdigkeit noch lange nicht hinreichend erwogen ist. – Sind doch diese Reflexionen selbst noch gar wenig in deutschen Landen bekannt;

dem Auslande sind sie erst kürzlich durch eine französische Übersetzung einigermaßen zugänglich geworden. – Kommt man einmal dazu, den Reichtum hier niedergelegter Anschauungen ausführlicher zu erläutern und auszubeuten, so ist gar kein Ende abzusehen. – Auch hier muss ich mich gewaltsam zurückhalten, in diesen Betrachtungen nicht zu weit zu gehen – aber einiges anzudeuten kann ich nicht unterlassen, denn von vielen derselben gilt es, was Goethe selbst in den folgenden Worten von den letzten Gedanken des Lebens sagt: »*Madame Roland, auf dem Blutgerüste, verlangte Schreibezeug, um die ganz besonderen Gedanken aufzuschreiben, die ihr auf dem letzten Wege vorgeschwebt. Schade, dass man ihr's versagte; denn am Ende des Lebens gehen dem gefassten Geiste Gedanken auf, bisher undenkbare; sie sind wie selige Dämonen, die sich auf dem Gipfel der Vergangenheit glänzend niederlassen.*«

Wenn es aber von Goethe überhaupt gilt, dass man ihn schwerlich jemals werde einen populären Schriftsteller nennen können, so mag es freilich besonders von diesen Maximen und Reflexionen gelten, dass sie immerdar nur wenigen vollkommen zugänglich bleiben werden.

Man muss zwischen den Zeilen lesen können, um sie zu verstehen – sagte ich einem Freunde; und so ist es!

Weite Lebensereignisse liegen dazwischen und haben sich hier oft in wenigen Worten zusammengezogen – ja selbst über diesen schwebt der Schreibende wieder in einer gewissen Lebenshöhe erhaben, fühlend, wie im höchsten Sinne unzulänglich alle Darstellung des Innerlichsten zuletzt bleibt und wie richtig das Wort sei:

*»Spricht die Seele, so spricht, ach! Schon die Seele nicht mehr.«*

Man lese nur das Folgende: – *»Nichts wird leicht ganz unparteiisch dargestellt. Man könnte sagen: hiervon mache der Spiegel eine Ausnahme, und doch sehen wir unser Angesicht niemals ganz richtig darin; ja, der Spiegel kehrt unsere Gestalt um und macht unsere linke Hand zur rechten. Dies mag ein Bild sein für alle Betrachtungen über uns selbst.«* – Sei dem aber auch so! Nicht minder liegt ein reicher, ja ein unschätzbarer Stoff in diesen Blättern zerstreut, und wer nur irgend bedenkt, welche Lebenserfahrungen gemacht werden mussten, damit diese Kristalle anschließen konnten, der wird Goethe recht geben, wenn er in einer dieser Reflexionen sagt: *»Es wäre nicht der Mühe wert, siebzig Jahre alt zu werden, wenn alle Weisheit der Welt Torheit wäre vor Gott.«*

Geht man nun diese Sachen im Einzelnen durch, so finde ich, dass man besonders Ursache hat, in dreifacher Hinsicht ihnen die höchste Anerkennung zu widmen; zuerst in Hinsicht auf die Höhe und Reinheit der Gesinnung, die sich darin ausspricht, sodann in Beziehung auf die scharfe Kenntnis menschlicher, Goethe selbst oft scheinbar fern genug liegender Verhältnisse, drittens in Bezug auf die freie und mächtige Beherrschung der Sprache. – Man erlaube mir noch, von jedem ein oder einige Beispiele anzuführen: – So möge, um das erste sich zu verdeutlichen, man auf Sachen achten wie das Folgende: *»Das erste und letzte, was vom Genie gefordert wird, ist Wahrheitsliebe.«* – *»Wer gegen sich selbst und andere wahr ist und bleibt, besitzt die schönste Eigenschaft der größten Talente.«* – Und dann: *»So wie der Weihrauch das Leben einer*

*Kohle erfrischt, so erfrischt das Gebet die Hoffnung des Her-*
*zens.«* – Will man hinsichtlich des zweiten beweisende
Beispiele haben, so beachte man Sätze, wie die nachstehenden: »*Vor der Revolution war alles Bestreben, nachher*
*verwandelte sich alles in Forderung.«* – Oder: »*Was vonsei-*
*ten der Monarchen in den Zeitungen gedruckt wird, nimmt*
*sich nicht gut aus; denn die Macht soll handeln und nicht re-*
*den. Was die Liberalen vorbringen, lässt sich immer lesen;*
*denn der Übermächtigte, weil er nicht handeln kann, mag sich*
*wenigstens redend äußern.«* – So fasst er oft in wenig Worten alles zusammen, was sich von dem Stande ganzer
Wissenschaften urteilen lässt, so zum Beispiel was, in
Bezug auf Medizin, von Windischmanns »Über etwas,
das der Heilkunde nottut«, nur irgend Zurechtweisen-
des sich sagen lässt: – Er zeigt zuerst, dass das Buch
Windischmanns »*ganz im ägyptischen Sinne geschrieben*
*sei, dass man nämlich ein Priester sein müsse, um sich als ein*
*tüchtiger Arzt zu bewähren.«* – Diesem Satz stellt er dann
ganz einfach eine Stelle aus Wachlers Geschichte der Literatur gegenüber, welche damit anfängt: »Die Medizin,
lange ausschließlich Eigentum der Priester, namentlich
der Asklepiaden in Thessalien, fing allmählich an, ihre
Verbindung mit dem religiösen Aberglauben aufzuge-
ben, als sie zum Teil von jonischen Philosophen in ihre
Untersuchungen über die Natur der Dinge aufgenommen wurde – – erst aus der Schule in Kos ging dann der
Schöpfer der wissenschaftlichen Medizin hervor, Hip-
pokrates usw.«, und nun schließt Goethe mit den eigenen höchst bedeutsamen und so vielfache Anwendung
erleidenden Worten: »*Den einzelnen Verkehrtheiten des*
*Tages sollte man immer nur große weltgeschichtliche Massen*

*entgegenstellen.*« – Und so finden sich über viele Verhältnisse der Geschichte und der Wissenschaft gar merkwürdige Andeutungen. – Was endlich die Macht der
Sprache und die Erfindung neuer Wortformen betrifft,
so liegt schon in den angeführten Sätzen manches der
Art vor: – der »Übermächtigte« ist ein bisher nicht ge-
hörter und sehr bezeichnender Ausdruck. Ein anderer in
folgendem Satze: »*Das Genie übt eine Art Ubiquität aus,
ins Allgemeine vor –, ins Besondere nach der Erfahrung.*« –
Hier ist das »Ubiquität« gleichsam ein »Überallsein«
und ein »Überallrechtsein«, eine Form, die neben »Universalität« einen ganz eigenen und neuen Begriff auf-
schließt. – So fernerhin auch der noch nie so gebrauchte
Gegensatz von handrecht und kopfrecht in den hübschen Worten: »*Alle praktischen Menschen suchen die Welt
handrecht zu machen, alle Denker wollen sie kopfrecht haben.
Wie weit es jedem gelingt, mögen sie zusehen.*« – Doch es sei
genug solcher ins einzelne gehender Betrachtungen! –
Dass in allen diesen Reflexionen und Maximen das Bestreben sich ausspricht, zu einem reineren und mehr
und mehr in sich abgeschlossenen Lebensziel durchzu-
dringen und dass eben dadurch eine stetige und umsich-
tige Erwägung des Lebens und Fortbildung der eigenen
Lebenskunst sich betätigt, wird einem jeden klar werden, der mit Geist und Ausdauer an ihre Erwägung sich
begeben will.

Mögen denn überhaupt die hier dem Publikum überlie-
ferten Blätter denen bei Goethe Einheimischen manches
Verständnis vervollständigen, denen in Goethe Fremden
eine Einladung sein, sich genauer und anhaltender mit
einer solchen Individualität bekannt zu machen! – Bliebe

für mich dabei noch ein Wunsch übrig, so wäre es der, dass jener mächtige Geist selbst, wandelte er noch unter uns, die Worte auch auf diese Bestrebungen anzuwenden sich versucht fühlte, welche er einst anwendete, als einige befreundete Gelehrte in der Jenaischen Literaturzeitung seine morphologischen Hefte ausführlich angezeigt hatten; – er sagte nämlich von ihnen Folgendes:

*»Und so hab ich denn der Parze großen Dank abzustatten, dass sie mich, nicht etwa nur wie den Protesilaus auf eine vergängliche Nacht, sondern auf Wochen und Tage beurlaubt hat, um das Angenehmste, was den Menschen begegnen kann, mit Heiterkeit zu genießen. Durch wohlwollende, einsichtige, vollkommen unterrichtete Männer seh' ich mich günstig geschildert, und zwar so recht durch und durch erkannt und aufgefasst, mit Neigung das Gute, mit Schonung das Bedenkliche dargestellt: ein ehrwürdiges Beispiel, wie Scharf- und Tiefblick mit Wohlwollen verbunden, durch Beifall wie durch Bedingen, Warnen, Berichtigen, sogleich zur lebendigsten Fördernis behilflich sind.«*

Carl Gustav Carus
der Künder Goethescher Lebenskunst

www.ingramcontent.com/pod-product-compliance
Lightning Source LLC
Chambersburg PA
CBHW031114020726
47495CB00007B/2189